講談社文庫

# 遺臣

## 百万石の留守居役（四）

上田秀人



講談社

目次――遺臣　百万石の留守居役（四）

# 金沢・江戸間の街道図

図作成／ジェイ・マップ

〔留守居役《るすいやく》〕

主君の留守中に諸事を采配《さいはい》する役目。人脈をもつ世慣れた家臣がつとめることが多い。参勤交代が始まって以降は、幕府や他藩との交渉が主な役割に。外様《とざま》の藩にとっては、幕府の意向をいち早く察知し、外様潰《つぶ》しの施策から藩を守る役割が何より大切となる。

〔加賀《かが》藩士〕

藩主
前田《まえだ》綱紀《つなのり》

- 人持《ひとも》ち組頭《くみがしら》七家（元禄《げんろく》以降に加賀八家）
  - 本多《ほんだ》安房《あわ》政長《まさなが》（五万石）筆頭家老
  - 長《ちょう》 尚連《ひさつら》（三万三千石）国人出身
  - 横山《よこやま》玄位《はるたか》（二万七千石）江戸家老
  - 前田孝貞《たかさだ》（二万一千石）
  - 奥村《おくむら》時成《ときなり》（一万四千石）奥村本家
  - 奥村庸礼《やすひろ》（一万二千四百五十石）奥村分家
  - 前田備後《びんご》直作《なおなり》（一万二千石）
- ―人持ち組―平士
  - 瀬能《せのう》数馬《かずま》（一千石）ほか
- 平士並《なみ》―与力（お目見え以下）―御徒《おかち》など―足軽など

〔第四巻『遺臣』――おもな登場人物〕

瀬能数馬《せのうかずま》　祖父が元旗本の若き加賀《かが》藩士。城下で襲われた重臣前田直作《まえだなおなり》を救い、筆頭家老本多《ほんだ》家の娘琴《こと》と婚約。直作の江戸行きに同行し、留守居役《るすいやく》を命ぜられる。

本多安房《あわ》政長《まさなが》　五万石の加賀藩筆頭宿老《しゅくろう》。家康の謀臣《ぼうしん》本多正信《まさのぶ》が先祖。「堂々たる隠密《おんみつ》」。

琴　本多政長の娘。出戻りだが、五万石の姫君。数馬を気に入り婚約する。

佐奈《さな》　琴の侍女。江戸の数馬の世話をする。妾宅の必要に迫られた数馬の妾に。

石動庫之介《いするぎくらのすけ》　瀬能家の家士。大太刀の遣《つか》い手《て》で、数馬の剣の稽古《けいこ》相手。介者剣術《かいしゃけんじゅつ》。

小沢兵衛《おざわひょうえ》　元加賀藩留守居役。秘事を漏《も》らし逃走し、老中堀田《ほった》家留守居役に転じる。

六郷大和《ろくごうやまと》　加賀藩留守居役筆頭。

五木参左衛門《いつきさんざえもん》　加賀藩留守居役。新米の数馬の指導役。雄弁で知られる。

猪野兵庫《いのひょうご》　元加賀藩士。御為派《おためは》の急先鋒で、前田直作の襲撃に失敗し、仲間と浪人に。

横山玄位《よこやまはるたか》　二万七千石の人持《ひとも》ち組頭《くみがしら》。加賀藩江戸家老。

前田備後《びんご》直作　加賀藩の重臣。国元での意見対立で孤立し、数馬の護衛で江戸に向かう。

前田綱紀《つなのり》　加賀藩五代当主。利家《としいえ》の再来との期待も高い。二代将軍秀忠《ひでただ》の曾孫《そうそん》。

堀田備中 守正俊《びっちゅうのかみまさとし》　老中。父正盛《まさもり》は蛍《ほたる》大名とあだ名された。次期将軍として綱吉擁立《つなよしようりつ》に動く。

酒井雅楽頭忠清《さかいうたのかみただきよ》　大老。四代将軍家綱《いえつな》の寵臣《ちょうしん》で宮将軍擁立を狙うが、家綱死去で実権を失う。

柳沢吉保《やなぎさわよしやす》　館林藩《たてばやし》から綱吉の連れてきた小姓番《こしょうばん》。

徳川《とくがわ》綱吉　館林藩主。四代将軍家綱の弟。次期将軍が確定的となり西の丸に入る。

# 遺臣

## 百万石の留守居役（四）

# 第一章　将軍の葬儀

## 一

粛々《しゅくしゅく》と江戸城本丸を出た四代将軍家綱《いえつな》を納めた霊柩《れいきゅう》が、北刎橋《きたはねばし》の手前で止まった。

橋のたもとで待っていた僧侶五人が、棺《ひつぎ》に近づき、読経《どきょう》を始めた。

「…………」

家綱の遺骸《いがい》は、その遺言によって寛永寺《かんえいじ》に葬《ほうむ》られると決まった。そのため、寛永寺から、天海大僧正《てんかいだいそうじょう》の直弟子凌雲院《りょううんいん》住職胤海《いんかい》僧正、信解院行海大僧都《しんげいんぎょうかいだいそうず》ら、東叡山《とうえいざん》を代表する高僧が棺の出迎えに派遣されていた。

「……鉢囉𧄍哆野《はらばりたや》……吽《うん》」

生前の罪をすべて消滅するという光明真言《こうみょうしんごん》をもって、家綱は江戸城との別れを告げた。

「ご出立《しゅったつ》」

葬儀のすべてを取りはからう惣司《そうじ》に任じられた老中大久保加賀守忠朝《おおくぼかがのかみただとも》が声をあげた。

徳川《とくがわ》初代家康《いえやす》、二代秀忠《ひでただ》の故事に倣《なら》い、家綱の葬儀も夜儀《やぎ》として執《と》りおこなわれる。暮れ六つ（午後六時ごろ）に出棺した行列がふたたび動き出したとき、すでにあたりは暮色に染まっていた。警固《けいご》の徒組《かちぐみ》の先導する行列は人払いされた夜の江戸を進み、途中不忍池《しのばずのいけ》で東叡山に属するすべての僧侶の出迎えを受けたのち、それらを供《ぐ》奉《ぶ》して五つ（午後八時）ごろに寛永寺へ到着した。

寛永寺本坊黒書院《くろしょいん》上段の間に安置された家綱の棺を前に、三十五人の導師《どうし》、会葬同席する大名旗本たちが着座、病臥《びょうが》中の輪王寺宮守澄法親王《りんのうじのみやしゅちょうほっしんのう》の代理である胤海僧正の焼香をもって葬儀が始まった。

光明供《く》法《ほう》、九条錫《くじょうしゃく》杖《じょう》、如来寿量品《にょらいじゅりょうぼん》の順に唱えられると、ようやく参列者の礼拝となる。

「大老酒井《さかい》雅楽頭《うたのかみ》どの」

「…………」

最初に招かれた酒井雅楽頭忠清《ただきよ》は無言で、許されるかぎり棺に近づき、床に頭をすりつけるようにした。

「上様……」

絞るような声で酒井雅楽頭が家綱を呼んだ。

「申しわけございませぬ」

平伏したまま酒井雅楽頭が詫《わ》びた。

「お供もかないませぬ」

寛文《かんぶん》三年（一六六三）に家綱の命《めい》で殉死《じゅんし》が禁じられていた。口頭による武家《ぶけ》諸法度《しょはっと》の付則という形をとったものであり、それほど強い強制力をもたないが、家綱の寵臣《ちょうしん》であった酒井雅楽頭が、将軍の名前で出された令に反せるはずもなかった。

「いずれお側《そば》に参ります。なにとぞ、しばしの猶予《ゆうよ》を」

酒井雅楽頭が泣いた。

「上様のご叡慮《えいりよ》を無にした堀田備中守《ほったびっちゅうのかみ》、館林《たてばやし》徳川綱吉《つなよし》の二人をこのままではすませませぬ」

一言を口のなかで呟《つぶや》いた酒井雅楽頭が、少しだけ顔をあげて金襴《きんらん》に包まれた家綱の棺を仰いだ。

「ご恩を生涯忘れませぬ。臣《しん》雅楽頭謹言奏上《きんげんそうじょう》」

あたりに響くように、酒井雅楽頭が声を張りあげた。

「雅楽頭どの」

葬儀場を騒がせるようなまねをした酒井雅楽頭を、胤海がたしなめた。

「ご無礼をつかまつった」

一礼して、酒井雅楽頭が下がった。

「稲葉美濃守正則《いなばみののかみまさのり》どの……」

酒井雅楽頭の後に稲葉美濃守、大久保加賀守ら幕閣が、続いて稲葉石見守正休《いわみのかみまさやす》ら家綱の近習《きんじゅ》三十七名が拝礼した。

こうして始まった家綱の法要は本葬の日まで続く。

四代将軍家綱の死去による音曲《おんぎょく》停止《ちょうじ》の触れは、厳しく守られていた。町人地には、町奉行配下の与力、同心、武家地は目付《めつけ》配下の徒目付《かち》、小人《こびと》目付らが巡回し、浮かれていないかどうかを見張っていた。

ただこれら監察の目が届かないところが一ヵ所だけあった。苦界と言われる吉原《よしわら》である。吉原は神君家康のお許しを得て開業した御免《ごめん》色里として、幕法の埒外《らちがい》とされ、町方の巡察も入っては来なかった。

「お待たせをいたした」

「いや、ご足労をいただき、申しわけなく思う」

吉原の揚屋《あげや》に数人の留守居役《るすいやく》が集まっていた。

「上様の喪中ゆえ、芸者は遠慮させていただきまする」

今宵《こよい》の会を主催した留守居役が、最初に断りを入れた。

「もちろん、お泊まりいただくには支障ございませぬので。集まっての宴席は憚《はばか》りまするが、お一人お一人に別室で酒食の用意をいたしております」

「けっこうだ」

もっとも上座にいた老練な留守居役が了承した。

「女は」

「ご懸念なく。酌をする女を付けさせていただきまする」

主催した留守居役が答えた。酌婦とは名目であり、実際は遊女であった。

「さすがは、井筒《いづつ》だ。抜かりがない。毛利家《もうりけ》は貴殿でもっていると言ってよかろう」

老練な留守居役が褒《ほ》めた。

「いえいえ。まだまだ山際《やまぎわ》さまにはとてもとても」

井筒が謙遜《けんそん》した。

「いやいや、貴殿が浪人であったならば、我が山内家《やまのうちけ》へ欲しいところよ」

山際がさらに付け加えた。

「畏《おそ》れ入りまする」

あまりの称賛に井筒が恐縮した。

「早速《さっそく》でございまするが、みなさまもお集まりのようでございますので、始めさせていただきまする。今宵は、同格の集まりとして、当番のわたくしが催させていただきました。本来でございましたら、酒食を共にし、胸襟《きょうきん》を開き、存分なお話をしていただく場でございますが、皆様方ご存じのように、去る八日に上様がお隠れになられ、館林綱吉さまが五代さまとして江戸城西の丸へお移りでございまする。これを受けまして、今後わたくしどもが、どうすればよいかを、同格組合の先達《せんだつ》でもある山際さまより、ご指導をいただきたく、急遽《きゅうきょ》主旨を変えさせていただきました」

井筒が事情を説明した。

留守居役とは、諸藩の外交を担《にな》う重職である。用人や組頭《くみがしら》を歴任した世事に長《た》けた藩士が任じられるもので、幕府や他家とのつきあいを担当した。といっても、そのじつは、どうやって幕府役人の機嫌を取り、お手伝い普請《ぶしん》などの負担から外してもらうかや、藩主の娘や息子を嫁や養子として他家に引き受けてもらうなどの交渉をするのが仕事である。その性格上、酒食の席との縁は深い。酒を飲ませ、飯を喰《く》わせ、女を抱かせて、こちらの思うように相手を動かすためである。

また、留守居役には組合というのがあった。主として同格組、近隣組の二つである。同格組は、藩の格や石高などに差のない家の集まりであり、近隣組は、国境《くにざかい》を接している家あるいは、江戸屋敷の隣などの集まりであった。

このうち、近隣組は、境を接していることで起こる境界の問題や越境してくる者への対応など、小さな揉《も》めごとを丸く収めるためのものであり、さほど重要ではない。が、同格組は違った。

同格は、その字の通り家格が等しいため、それぞれが幕府から出されるお手伝い普請や夫役の対象となっているのだ。

お手伝い普請には、寛永寺の造営や、街道の修復、河川の治水などがある。その費用は担当の大名持ちとなるだけに、相当な痛手である。どこの大名も手元不如意《ふにょい》となっている昨今、お手伝い普請はできるだけ当たりたくない。

そう、一つの大名がお手伝い普請などの面倒を避ければ、同格組のどこかへ行くことになる。いや、正確には、押しつけることになる。

いわば敵同士による腹の探り合いであった。もちろん、同格なだけに、縁組みなどもかわしやすい。そういう観点から見れば味方でもある。

どちらにせよ、同格組は難しい集まりであった。

「井筒の言葉にあったように、上様が亡くなられた」

山際が話し始めた。

先達とは留守居組の集まりのなかでもっとも古参の者をいう。同格組を仕切り、新しく入ってきた者に、独特のしきたりなどを教えこむ。その権威は強い。先達に逆らえば、同格組から外される。そうなれば、諸藩への出入りを止められたも同然となり、縁組みができなくなるだけでなく、いろいろな情報も手に入れられなくなる。そのため、同格組においての先達を主君同様に敬わねばならず、逆に先達は他の留守居役を家臣のように遣《つか》えた。

「上様が代わる。これの意味するところは、井筒」

「執政衆も入れ替わると」

問われた井筒が答えた。

「そうだ。全員が代わるとは思えぬが、少なくとも酒井雅楽頭さまは退かれよう」

うなずいた山際が続けた。

「一同もわかっているだろうが、酒井雅楽頭さまに代わる人物が誰かは」

「堀田備中守さまでございましょうや」

同格組のなかでもっとも若い留守居役が述べた。

「うむ」

山際が顎《あご》で正解だと言った。

「堀田備中守さまの夜中推参で、綱吉さまが上様のご世子となられた。この功績は大きい。五代将軍に綱吉さまが就任されたあかつきには、堀田備中守さまが大政参与《たいせいさんよ》となられるのはまちがいない」

大政参与とは大老と同義である。ただ、幕府の慣例で大老となれるのは井伊《いい》、酒井、土井《どい》の譜代名門だけとされている。堀田家はもと織田信長《おだのぶなが》の家臣で、関ヶ原《せきはら》以降徳川に仕えた新参のため、いきなり大老に就任させるわけにはいかなかった。

「このなかに堀田備中守さまの留守居役と親しいものはおるか」

山際は一同の顔を見た。

「……………」

「あいにく」

留守居役たちが首を左右に振った。

この同格組合は、長州《ちょうしゅう》の毛利、備前《びぜん》の池田《いけだ》、土佐《とさ》の山内、宇和島《うわじま》の伊達《だて》ら西国の外様《とざま》大名で十万石をこえ五十万石に届かぬ家柄で作られていた。

先代正盛《まさもり》の抜擢《ばってき》で譜代となった堀田家とのつきあいは薄い。また上野《こうずけ》に領地を持つ堀田家とは、地理的にも遠い。さすがに老中となってからは、盆暮れのつきあいくらいはしているが、親しいとはとても言えなかった。

「無理もないな。堀田備中守さまはご老中でもっとも新参のうえ、これまで御用部屋は酒井雅楽頭さまの思うがままであったからな」

どこの留守居役も酒井家との交際はしっかりと作っていた。

「まずいの」

「はい」

頬《ほお》をゆがめた山際に、井筒が同意した。

「早急に堀田備中守さまとの繋《つな》がりを強くせねばならぬ」

「仰《おお》せの通りで」

「わかっておりまする」

一同が首肯《しゅこう》した。

「今さらではあるが、この同格組は一蓮托生《いちれんたくしょう》である。仲間である。同僚である。ともに飯を喰《く》った仲だ」

　山際が建前を口にした。

「この危急のおりに、抜け駆けなどいたすような者はおらぬはずだ」

「…………」

　なにを言いたいかわかった一同が黙った。

「どのようなものでもいい、少しでも堀田備中守さまとの伝手《つて》を持っている者がいれば、名乗り出よ。皆で共用し、ともに生き残ろうではないか」

「先達さまになにか手立ては」

　都合のいいことを言い出した山際へ、井筒が尋《たず》ねた。

「まったくない。あれば、最初に披露しておる」

　山際が苦い顔をした。

「誰かおらぬか」

　もう一度山際が問うた。

「後日、伝手があったことがわかったときは、同格組合を除名するのはもちろん、以降は敵対する者として、残った者すべての力を合わせて対抗するぞ」

　山際が一同を脅《おど》した。

「……手立てといえるかどうかわかりませぬが……」

おずおずと一人の留守居役が声を出した。

「貴殿は……備前池田さまの留守居役、田之裏《たのうら》どのだったな」

山際が田之倉《たのくら》へ目をやった。

「田之倉でござる」

「伝手とはどのようなものだ」

訂正を意にも介さず、山際が急《せ》かした。

「ご存じのとおり、わたくしの主家池田と加賀の前田《まえだ》さまは近い親戚にあたりまする」

田之倉が説明をし始めた。

池田と前田は、どちらも織田信長の家臣であった。信長の乳兄弟として重用された池田と、馬廻《うままわ》りとして活躍していた前田家とは、もともとつきあいが深かった。織田信長が本能寺《ほんのうじ》で死に、羽柴秀吉《はしばひでよし》が台頭してきたときも力を合わせ、豊臣《とよとみ》の天下構築を支えた。そして秀吉の死後は、ともに豊臣家を見限って徳川につき、関ヶ原以降を生き残った。徳川の時代となっては、有力な外様大名として重きをなし、両家とも家康の孫娘を嫁に迎えるなど、よく似た境遇であった。これだけ縁が重なれば、交流が深くなって当然である。

「それで」

先を山際が促《うなが》した。

「近い親戚というのもございまして、拙者《せつしや》は前田さまの留守居役の方々とも親しく願っておりまする」

「前置きはいい。さっさと要点を話せ」

山際がいらついた。

「とくに前田さまの留守居役の小沢《おざわ》どのとは、懇意にしていただいておりましたのですが……」

喉《のど》が渇《かわ》いたのか、田之倉が茶を口に含んだ。

「その小沢どのが、前田さまを放逐《ほうちく》となりました」

「それがどうしたと言うのだ。ここまで手間取って、たいした話でなければ、そのままには捨て置かぬぞ。わかっているのか、我らの主家の先がかかっているのだぞ」

田之倉を山際が睨《にら》んだ。

「……お平らに」

あまりに焦《あせ》る山際を井筒が宥《なだ》めた。

「……わかった。座を設けた貴君の顔を立てよう」

山際が座り直した。

「田之倉どの、先をお願いいたす」

井筒が促した。

「はい」

落ち着いた田之倉が続けた。

「その小沢どのが、堀田備中守さまの留守居役に転じられて……」

「なんだと」

山際が驚愕《きようがく》の声を出した。

「それは」

「真《まこと》でござるか」

一同も口々に驚きを漏《も》らした。

「まちがいございませぬ。先日城内の溜《たまり》でご挨拶《あいさつ》をいただきました」

田之倉が保証した。

留守居役には、幕府の通達を受け取るという役目もあった。そのため、特別に陪臣《ばいしん》の身分ながら、江戸城中御門を入って左、蘇鉄《そてつ》の間《ま》を控えとして与えられていた。この蘇鉄の間を留守居は溜と呼んだ。

「でかしたぞ」

山際が膝《ひざ》を打って褒めた。

「どういたしましょう」

井筒が山際の顔を見た。

同格組合において、先達は神に等しい。その指示を仰がないと、後々の禍根《かこん》となる。井筒が山際に問うた。

「一席設けよう。吉原で一番の三浦屋《みうらや》にご招待申しあげる」

山際が言った。

「しかし、今は音曲停止中でございまする。我らのように気心の知れた者の集まりならばよろしゅうございましょうが、ご老中さまのお留守居役さまをお招きして、三味線《しゃみせん》も踊りもなしでは……」

「わかっている。音曲停止は上様の四十九日まで。その明けた日にでも」

忠告した井筒に、山際が告げた。

「なるほど。さすがは山際さま」

井筒が感心した。

「田之倉」

「はい」

山際に正しく名を呼ばれて、田之倉が応じた。

「すぐにでも、話をいたせ。他の留守居組に後れを取ってはならぬぞ」

「早速《さっそく》、明日にでも」

「なにを言うか。今からでも遅くはない。急ぎ小沢どののもとへ走れ」

まだ日は落ちていない。留守居組合の会合は、昼過ぎから始まるものが多かった。

「今から……」

吉原まで来て、女を抱かずに帰る。田之倉がみょうな顔をした。

「儂《わし》の指示に、文句でもあるというのか」

山際の声が低くなった。

「いえ。とんでもございませぬ。ただちに」

慌《あわ》てて田之倉が駆け出していった。

「……ふうう」

大きく山際が息を吐《つ》いた。

「これで我らは安泰じゃ。さて、そろそろ会合は終わりでよいな。いや、疲れたわ。

留守居は気苦労だ。別室で休むとしようぞ。井筒、女はどこだ」

吾《わ》が手柄のような顔をして、山際が井筒を急かした。

## 二

将軍家綱の死。

それはわかっていたことであった。家綱が死に瀕《ひん》していなければ当主前田綱紀《つなのり》に、西の丸入りの要請などあるはずなかったからだ。

家綱はまだ不惑である。たしかに男としての盛りは過ぎているが、まだ子供をなせないほどの歳ではない。女ならば不惑での妊娠、出産は命がけになる。母体と胎児ともに無事に生まれるだけの保証を、医者は用意できない。だから女は三十歳をこえた段階で、閨《ねや》ごとから離れる。対して、男は出産するわけでないのだ。命をかけて新しい命を産み出すことができるのは、女だけの特権であり、負担であった。

男はいくつになろうとも精さえ放てれば、女を孕《はら》ませることができる。なにより、男はそれさえしてのければ、あとは出産にいたるまで、まったくかかわることがない。初代神君家康を例に出すまでもなく、還暦をこえてから子を産ませた男は多い。

家綱だけを例外とする理由はなかった。

だが、家綱は四十歳で後継者を作る希望を捨て、綱紀を養子にしようとした。ここから引き出されるのは、ただ一つ。十月十日を待てないほど、家綱の余命が切迫しているということであった。

「上様のご葬儀にかんしては、先代家光さまのおりに準じるでよいのか」

「家光さまは日光《にっこう》へ移られた。家綱さまはどうなのだ」

「そんな話は聞いていないが」

前田家上屋敷で、家老、用人、留守居役が集まって、家綱の葬儀に参列する手順についての確認がおこなわれていた。

「御上《おかみ》より、ご通達があるはずだ。それを待つしかあるまい」

先代家光のおりの記録を調べていた家老が、議論を打ち切った。

加賀藩は、徳川にとって扱いの難しい大名であった。まず、その成り立ちが問題であった。加賀藩祖とされる前田利家《としいえ》は、豊臣秀吉の天下では五大老の筆頭として、家康の上座にいた。利家の死後、その後家である松《まつ》の采配《さいはい》で、加賀藩は家康の下に入り、関ヶ原、大坂の陣を戦った。おかげで加賀藩は、唯一百万石をこえる石高を誇る大大名として、生き残ることができた。とはいえ、一時だったが、前田家は徳川家の上にいたのだ。扱いにくくて当然である。百万石の力も怖ろしいが、前田家は豊臣恩《おん》顧《こ》の大名、いや、外様大名たちの盟主になるだけの格式を持っている。前田家が謀叛《むほん》を起こせば、その波はまちがいなく天下を揺るがす。徳川が負けるとは思えないが、その被害は大きい。下手すれば、島津《しまづ》、毛利、伊達などの有力大名が乱に便乗して、徳川の支配から抜け出すという結果になりかねない。

徳川にとって、前田は、邪魔だがうかつに手出しのできない相手であった。潰《つぶ》せない。かといって放置もできない。となれば、どうするか。家康は、徳川は、前田を取りこもうとした。

まず、前田家三代目藩主利常《としつね》の正室として二代将軍秀忠の娘珠姫《たまひめ》を婚姻《こんいん》させた。それも、大名の妻、子供は江戸にいなければならないという、武家諸法度を無視して、金沢へ輿入《こしい》れさせた。

将軍の娘を嫁にもらう。これの意味するところは大きい。まず側室を置くことはできなくなる。置けないわけではないが、少なくとも正室が跡継ぎである男子を出産するまでは、遠慮しなければならない。これは、将軍の血を引いた子供に次代を譲れという、暗なる命令であった。正室ではなく、側室の産んだ男子を跡継ぎにすれば、それは将軍の血を拒否したものとして、謀叛に近い扱いを受けかねなかった。

将軍の娘を嫁にもらうというのは、次代を徳川の血を引く子供に渡しますという約束と同じであった。

実際、利常と珠姫の仲はむつまじく、三男五女を儲《もう》けている。そして、二人の間に生まれた長男光高《みつたか》が、四代藩主を継いだ。こうして徳川は、前田をその一族とすることに成功した。

これが、かえって前田家をややこしくした。

甥《おい》にあたる光高をかわいがった三代将軍家光が、光高を養子にすると言い出したのだ。男好きで女嫌いの家光は、子どもを作る気がまったくなかったからである。

幸い、家光の乳母春日局《かすがのつぼね》の努力で、めでたく女の良さを知った家光は、男子を作り、光高養子という事態は避けられた。

とはいえ、光高養子という痕跡《こんせき》は残った。そう、家康の血を引いていれば、女系であっても将軍を継げるかもしれないとの前例ができてしまった。

五代藩主綱紀が、家綱の養子として誘われたのも、この前例にしたがったものであった。

「畏れ多いことでございまする」

綱紀を将軍にして、加賀を親藩となし今後の安定を得ようという家臣たち、藩主を差し出すようなまねはできないという家臣たち、藩を二つに割っての騒動を経て、綱紀はこの話を正式に断った。

「上様の温情をお断りすると申すのだな。それなりの覚悟あってのことだろうな」

拒んだ綱紀を脅したのは、大老酒井雅楽頭忠清であった。

「承知のうえでございまする」

脅しにも綱紀は屈しなかった。綱紀は、この裏に酒井雅楽頭による加賀藩潰しがあると読んでいた。当主を取りあげてしまい、世継ぎを認めなければ、藩は潰れる。綱紀にまだ子はない。跡継ぎなしは改易が、幕府の決まりなのだ。

藩滅亡の策を破ったとはいえ、ときの権力者の不興を買ったには違いなかった。まちがいなく、今後加賀藩には、いろいろな形の負担が幕府の名前でかけられる。なんとしてでも無理難題を押しつけられないよう、留守居役たちが諸処へ手を回してと考えていたところに、家綱死去の報《しら》せである。

加賀藩の執政たちは、ほっとしていた。

「家綱さまがお亡くなりになれば、酒井雅楽頭さまもお力を失われよう」

江戸家老の一人横山玄位《よこやまはるたか》が休憩の話題とばかり口にした。

「寵臣《ちょうしん》は、主君の死に殉ずるものでございまする」

用人も同意した。

寵臣とは、主君のひとかたならぬ引き立てを受けた者のことである。有名なところで三代将軍家光の寵愛を受けた堀田加賀守正盛《まさもり》がいる。譜代でさえなく、石高も一千石とさほどではなかった堀田加賀守正盛が、家光の男色相手となった。男と女の情愛よりも、男と男のものは深いという。家光に愛された堀田加賀守正盛は、出世の街道を駈《か》けのぼり、大政参与という老中の上席まで出世した。身代も佐倉藩《さくらはん》十一万石という大身《たいしん》になった。その堀田加賀守正盛は家光の死の翌日、切腹、殉死した。

「殉死は禁じられている」

主君の死に家臣が殉じていけば、忠義厚い者ほど死ななければならなくなる。生き残った者は、さほど主君に恩を感じていない。これでは、忠義の血筋が絶えかねない。こうして幕府は殉死を禁じた。

「追い腹は切れませぬな。さすがに己《おのれ》が大老として出した禁令を自らが破っては、御上の権威をないがしろにしたも同然」

「うむ。切れば、家は潰されよう」

用人の言葉に家老が首肯した。

殉死した者の遺族は大切に扱われるのが慣例であった。とはいえ、幕府が禁じているだけでなく、その令を制定した本人が破るなど論外である。朝令暮改どころの騒ぎではない。幕府の出すすべての令、その権威が失われてしまう。

「辞任、隠居というところかの」

「妥当なところでございましょう」

江戸家老の確認に留守居役五木参左衛門《いつきさんざえもん》がうなずいた。

「ほっとしたの」

大きく江戸家老が、息を吐いた。

「はい」

五木も微笑《ほほえ》んだ。

「酒井雅楽頭さまに逆らった形が、これでなかったことになる」

江戸家老が言った。

「しかも、五代将軍さまは、酒井雅楽頭さまの思惑《おもわく》ではない館林綱吉さま」

「鎌倉の故事に倣い、宮将軍を擁立《ようりつ》、酒井家が代々執権として君臨するという雅楽頭さまの狙いは潰《つい》えた」

酒井雅楽頭が前田綱紀の次に、有栖川宮幸仁親王《ありすがわのみやゆきひと》を擁立しようとしていたことを、その動きを注視していた前田家は摑《つか》んでいた。いや、家綱の死の前日、老中たちが有力大名の説得に回ったことで、周知されていた。

「当然、将軍の弟でありながら五代将軍としての推輓《すいばん》さえ受けられなかった綱吉さまは、酒井雅楽頭さまのなさりようにご機嫌ななめであろう」

「まちがいなく」

江戸家老の話に五木が同意した。

「となれば……」

「酒井雅楽頭さまが、幕閣への残留を希望されても……」

「切られましょう」

用人と五木が応じた。

「加賀は安泰だな。酒井雅楽頭さまに反し、五代将軍の話を断ったのだ。綱吉さまのご機嫌は悪くないはずだ」

「仰せのとおりで」

「…………」

江戸家老に迎合した用人に比して、留守居役筆頭の六郷大和《ろくごうやまと》が黙った。

「どうした六郷《ろくごう》」

六郷の様子に気づいた江戸家老が尋ねた。

「……いえ」

六郷が口ごもった。

「はっきりせぬか。ここは藩の行く末を決めるかも知れぬことを話し合っているのだ。懸念あるならば、発言せよ。後から、じつは前から懸念がございましたなどと、責任逃れをされてはたまらぬ。いや、させぬぞ」

江戸家老が厳しく迫った。

「酒井雅楽頭さまの後を継がれるであろうお方をご存じでございましょう」

そこまで言われてはと六郷が質問を発した。

「……酒井雅楽頭さまのか。となれば老中筆頭、いや大老」

江戸家老が首をかしげた。

「いいえ。新しい寵臣という意味でございまする」

「新しい寵臣……誰だ。館林藩の家老どのか。たしか扶育《ふいく》も兼ねていたと聞いたが」

江戸家老が答えた。扶育とは、幼い藩主の成長を見守る役目である。父親代わりでもあり、藩主が元服するまでの後見役でもあり、その後は藩政を預かる家老となることが多かった。

「牧野《まきの》成貞《なりさだ》どのも気にせねばなりませぬが」

館林藩家老の名前を出した六郷が、一度言葉を切った。

「問題は堀田備中守さまでございまする。綱吉さまを五代将軍に押しあげたのは、備中守さま」

「堀田備中守さまか」

江戸家老が苦い顔をした。

「家綱さまの病床にまで押しかけ、無理矢理綱吉さまの目通りを願い、その場で世継ぎとするように迫ったとか」

「らしいな」

城中のできごとは、一日、二日で世間に流布《るふ》された。城中で見聞きしたことは、みだりに口にしてはいけないとされている。しかし、それを知りたがる者は多い。城中での秘事は、そのまま政《まつりごと》に直結する。新しい制令、あるいは禁令を先んじて知ることができれば、いろいろ有利になる。お手伝い普請を避ける、普請を見越して木材を買い占める。やりようはいくらでもある。求める人がいれば、そこに需要が生まれる。需要は金になる。江戸城でのやりとりは、そのまま金と引き替えに外へ出た。死の床にある将軍の居室といえども、例外ではなかった。

「五代将軍誕生の功臣との仲が、難しい……」

「はい」

呟くような江戸家老の一言に、六郷が首を縦に振った。

「小沢か」

「…………」

苦い顔をした江戸家老に、六郷は沈黙した。

「小沢めえ。どこまで我が藩に祟《たた》るつもりだ」

用人も吐《は》き捨《す》てた。

前田家の留守居役だった小沢は、在任中に藩の公金を私事に遣っただけでなく、主家の秘密を外に漏《も》らしたことが発覚し、捕らえられる前にと逃げ出した。本来は藩から捕縛《ほばく》あるいは、討伐《とうばつ》の人員が出されるはずであったが、ちょうど綱紀に五代将軍の話が来ていたところであり、あまり藩内でのごたごたを表沙汰《おもてざた》にするわけにもいかず、見逃されていた。

その間に、小沢は堀田備中守に拾われ、家臣となっただけでなく留守居役に任じられて、加賀藩の前に立ちふさがってきた。藩の裏を知る者が敵になった。前田の打つ手すべてが、読み取られかねなかった。

「次代の寵臣の留守居役に、我が藩を恨《うら》む者がなってしまいました」

六郷が嘆息した。

「逃げたとき、世間体を気にせず追わせるべきだったか」

江戸家老が後悔を口にした。

「すんだことを言っても、どうしようもございますまい。この危機をどう乗りこえるかを考えなければなりませぬ」

用人が提案した。

「たしかにそうだな。六郷、なにか手立てはないか」

納得した江戸家老が、六郷へ問うた。

「手立てとは……」

六郷が問いを返した。

「小沢と和解するわけにはいかぬのかと訊《き》いておる」

江戸家老がいらだちを見せた。

「どうやって」

六郷が困惑した。

「我が藩での罪を許すというのはどうだ」

「無駄《むだ》でございましょう。我が藩での罪は、今さらどうしようもありませぬ。藩でのきのことでございまするので、咎《とが》められまするが……」

罪は、藩士にしか通用いたしませぬ。厳密に言えば、我が藩に小沢が在籍していたと

「老中の留守居役相手には、難しいか」

言いにくそうな六郷に、江戸家老が述べた。

加賀藩士だったときの罪は、他藩へ移ってからでも咎められる。とはいえ、勝手に捕らえて処分するわけにはいかなかった。まず、相手の藩に使者を出し、もと藩士の罪をあきらかにして、身柄を要求する。それに応じるかどうかは、相手の藩次第である。もちろん、相手の藩が格上であれば、無視しにくい。後々のつきあいにかかわってくるからである。求めを蹴《け》って、外様最大の前田家と仲違《なかたが》いをするよりは、一人の藩士を捨てるほうが得だと判断するかどうかにかかってくる。

相手が十万石ていどの藩ならば、まずまちがいなく、小沢は前田家に引き渡される。

しかし、今回の相手は老中であった。老中はおおむね二万五千石内外の譜代大名が任じられた。石高は少ないが、その権力は大きい。御三家でさえ道を譲り、加賀の前田であろうが、薩摩《さつま》の島津《しまづ》であろうが、「その方」と呼び捨てられた。これは将軍の権威を後《うし》ろ盾《だて》にしているからである。

だけに前田家に屈するわけにはいかなかった。

堀田家が、前田家の要求に応じて小沢の身柄を引き渡した。これを世間はどうとるか。老中が前田家の圧力に負けたと考えるのだ。これは老中の権威に傷を付けることになる。となれば、決して堀田家は小沢を前田家に渡せない。

「それこそ、門前払いを受けるだけでなく、しっかり報復が来ましょう」

六郷が首を左右に振った。

「お手伝い普請か」

江戸家老も頰をゆがめた。

お手伝い普請は、すべてが外様大名の負担となった。人足の雇用、使用する材料の手配などの費用をもたされるだけでなく、場合によっては幕府の嫌がらせさえ受けた。できあがった工事にけちを付けて、再普請させるなどはまだましであった。酷《ひど》いときは、幕府役人が普請の最中に、失敗させるように手出しをすることもある。もちろん、これらの嫌がらせを受けるのは、幕府から睨まれている藩になる。そして、その好き嫌いを決めるのは、将軍ではなく、老中であった。

「近づかぬのが、もっともよいかと」

「小沢を放っておけというのだな」

六郷の言いぶんの確認を江戸家老がした。

「堀田さまの留守居役は他にもおられまする。そちらの方々と交流を深めれば……加賀藩への悪影響は最小限にできましょう。小沢は堀田家中で新参。さほどの力はありますまい」

「なるほどな、それしかないか」

江戸家老が六郷の提案を認めた。

「となりますれば、かなりの数の留守居役方を懐柔《かいじゅう》いたさねばなりませぬ」

「金か」

六郷の意図を悟った江戸家老が、渋い顔をした。

「わかった。勘定方《かんじょうかた》には申しておく。が、無駄には遣うなよ」

「重々承知いたしておりまする」

六郷が手を突いた。

## 三

瀬能数馬《せのうかずま》は困っていた。

留守居役は、密談をするための妾宅《しょうたく》が要《い》ると先達から聞かされた。その理由は理解できたが、じっさいに妾宅を設けるとなれば、いろいろ問題があった。

数馬には妻もいないのだ。国元に許嫁《いいなずけ》はいる。加賀藩筆頭宿老本多政長《しゅくろうほんだまさなが》の娘、琴《こと》姫《ひめ》との婚約が出府《しゅつぷ》の前に決まっていた。

瀬能家も千石を食《は》んでいる。だが、相手は五万石なのだ。不釣り合いもきわまる。琴姫が妾腹《しょうふく》であり、さらに不縁となって、実家へ帰されてきたというのを理由に、釣り合わないはずの婚姻《こんいん》はなった。

とはいえ、相手が格上すぎた。

目上の家から嫁がくる。妾を持つなど論外であった。

「裏に本多どのがおられるとは思ってはいたが……」

数馬は嘆息した。

留守居役は人付き合いが仕事の主である。世間知らずの若い数馬が命じられるようなものではなかった。

「吾が婿《むこ》に、娘以外の女をあてがうとは」

隣の部屋で洗濯物を片付けている佐奈《さな》を、数馬は見た。

佐奈は琴姫付きの侍女であった。今回江戸へ赴任する数馬の身の廻《まわ》りの用をこなすため、琴姫の厚意で派遣された。

その佐奈を妾《めかけ》にしろと、国元から指示が来た。

「いかがなさいましたか」

難しい顔をしている数馬に、佐奈が手を止めた。

「いや」

数馬は小さく首を左右に振った。

「お気になさいますな」

立ちあがった佐奈が数馬の前へ座り直した。

「吾《われ》がなにで悩んでいるか、わかるのか」

「殿はわかりやすうございますゆえ」

問うた数馬に佐奈が微笑《ほほえ》んだ。

「…………」

数馬は鼻白んだ。

「失礼をいたしました」

佐奈が詫びた。

「いや、それはよいが……そなたは納得しているのか。その、吾の妾となるのだぞ」

「わかっておりまする」

躊躇《ちゅうちょ》せずに、佐奈が答えた。

「妾がなにをするか、知っているのか」

「もう子供ではございませぬ」

佐奈がすねた。

「すまぬ」

数馬が謝った。

「殿こそ、わたくしでよろしゅうございますので。男の方は、好みの女でないと都合が悪いと聞いたこともございまする」

「そなたのことは……」

一瞬、数馬はためらった。

数馬は身分違いといっていい琴姫のことを気に入っていた。美貌もさることながら、歳上の女独特の包みこむような優しさも、一を聞いて十を知る賢さも好みであった。その琴姫の侍女を妾にする。琴姫から勧められたとはいえ、そうそう頷《うなず》けるものではなかった。

「お嫌でございましたら、別のお方をお求め下されても」

佐奈がうつむいた。

「そういうわけではない。決して、そなたが意に染まぬというわけではないぞ。ただな、妾を持つということに慣れておらぬので……」

慌てて数馬は言いつくろった。

「慣れていただいては困ります」

佐奈がきっと顔をあげた。

「姫さまよりくれぐれも念を押されておりまする。かならずや他の女にうつつを抜かすようなまねを殿にさせてはならぬと」

「他の女……」

「さようでございまする。留守居役という任で、吉原や品川《しながわ》の遊郭へお出《い》でになり、遊女を相手に戯《たわむ》れられるのはいたしかたございませぬが、それ以外の女との接触はさせるなと」

「琴どのが、そのようなことを」

「はい」

数馬の確認に、佐奈がうなずいた。

「…………」

少しだけ数馬は不満を持った。妻になる女とはいえ、そこまで管理されるのは、あまりいい気分ではなかった。

「なにか不都合でもございまするか」

「いや」

「まさか、国元に意中の娘がいるということは」

佐奈が疑いの目で数馬を見た。

「……ない」

たしかにいいなと思う娘はいた。とはいっても武家なのだ。話しかけるわけにもいかず、道ですれ違うていどで、どこの家のなんという名前の娘なのかさえ知らない。

これでは意中と言えようはずもなかった。

「琴どのしかおらぬ」

なにより、数馬は琴に惚《ほ》れてしまっていた。

「けっこうでございまする」

佐奈が満足そうにうなずいた。

「ところで、いつにいたしましょう」

不意に佐奈が話を変えた。

「なんのことだ」

わからなかった数馬は問うた。

「妾宅の下見でございまする」

「……ああ」

佐奈の答えに、数馬は面倒くさそうに応じた。

妾宅とは、その字のとおり妾を住まわせておく家のことである。もちろん、数馬には加賀藩江戸上屋敷に長屋が与えられていた。千石にふさわしい長屋は、さすがに国元の屋敷よりも狭いが、数馬と女中の佐奈、家士の石動庫之介《いするぎくらのすけ》の三人では余っている。それでいて屋敷の外に妾宅を構えるには理由があった。

妾宅は他人目《ひとめ》を気にせず、人を招けた。

留守居役の会合は、吉原や品川などの遊郭《ゆうかく》でおこなわれるのが慣例である。話を円滑に進めるため、酒食が大事な役割を果たすので、当然であるが、人が寄る場所だけに、どうしても目立つ。

「某藩の留守居役と幕府役人が、吉原の西田屋《にしだや》で遊興していた」

見かけられれば、噂《うわさ》になる。この噂が問題であった。留守居役は、藩のために働いている。遊びも仕事の一環なのだ。噂を耳にした他の留守居役たちは、疑心暗鬼になる。

「あの留守居役が、幕府の役人をもてなした。となると、お手伝い普請の話だな。いや、ひょっとすると国替えか」

留守居役は、疑わなければならない。見過ごして、藩に迷惑がかかっては切腹ものだからだ。

目立てば疑われ、その裏を探られる。疑うのが性《さが》の留守居役は、同時に疑われては仕事にならない。そこで、密談用の他人目《ひとめ》に付かない場所が必須になる。

そのための妾宅であった。

天下の城下町として発展し続ける江戸である。一日に何百という数の家が建ち、それに比するだけの人が増えていく。藩士が個人で借りる町屋までは、さすがに調べきれなかった。

それこそ、目を付けた留守居役に尾行でもつけなければ、まずわからない。

留守居役として不可欠な人付き合いは苦手でも、剣術の腕は立つ数馬である。後を付けられれば気づく。まず数馬の妾宅がばれることはなかった。

「今は上様の喪中だ。そんなときに妾宅探しというような浮かれたまねはいかがなものだろうか」

数馬は心進まないと言った。

「この時期だからこそ、好機なのでございまする。音曲停止で、他藩の留守居役さま方も出歩かれておりませぬ。町屋で偶然目に付くということもございませぬ」

「……それはそうだが」

佐奈の正論に数馬は反論できなかった。

「なにより、妾宅を設けるのは藩からのご指示だったはず」

「……………」

止《とど》めを刺された数馬は、黙った。

「逃げていては、後々まずいことになりましょう」

あきれ気味に佐奈が言った。

「……………」

数馬はなにも言えなかった。

男なのだ。数馬も女体に興味がある。

珠姫について加賀藩へ来た元旗本の家柄ということで、藩内で浮いていた瀬能家の跡取りとして育った数馬には、友人がいなかった。

剣術も金沢城下の道場へかようことなく、祖父と父から香取神道流《かとりしんとうりゅう》を学んだ。ために同門の先達というのもいない。

悪友もなく、道場の先輩もいない。ようは、数馬を悪所に連れて行ってくれる人がいなかった。おかげで、数馬はこの歳になるまで、女を知らなかった。

つまりは数馬は佐奈を女として扱う覚悟ができていないだけであった。悪友や先輩に連れて行かれての遊郭ならば、その場の勢いに流されるが、そんな目で見たこともなかった身近な佐奈を抱かなければならない。そこに数馬は引っかかっていた。

「なにも妾宅を設けられても、わたくしを閨《ねや》に呼ばれずともよろしゅうございます」

佐奈が述べた。

「よいのか……」

「はい。妾をお考え違いなさいませぬよう。たしかに閨での奉仕も妾の重要な役目でございまするが、本来の仕事ではございませぬ」

「えっ」

数馬は驚いた。

「男の方は、すぐに閨に話を持っていかれまする。たしかに閨で旦那《だんな》さまの相手をするのも妾の任には違いございませぬが、それは付け足し。妾は男の方を癒《いや》すのが役目」

「癒す……」

佐奈の語った内容に、数馬は首をかしげた。

「はい。食事を作って差しあげたり、お話を聞き、暑ければ団扇《うちわ》であおぎ、寒ければ添い寝して温める。なにより、妾の前では、外聞を気にせず、気儘《きまま》にしていただく。こうして旦那さまの疲れを癒す。少なくとも、妾と共にいて疲れないようにする」

「それは妻の仕事ではないのか」

「琴さまにそのようなまねをさせるおつもりでございますか」

佐奈の声が少し低くなった。

「…………」

またも数馬は黙らなければならなくなった。

五万石の姫に団扇であおがせる。たしかに無礼であった。

「武家の婚姻は、家と家のものとおわかりでございましょう」

「ああ」

数馬は首肯した。

武家あるいは裕福な商家の婚姻は、個人のものではなかった。どちらにも利があるような形での繋《つな》がりを求めるためになすのが婚姻であった。

「では、姫さまを落胆させるようなまねはお慎《つつし》みくださいませ」

「いつも背筋を伸ばし、胸を張っていろと」

「はい。その代わり、お疲れになったぶんをわたくしが癒させていただきまする」

佐奈が手を突いて、じっと数馬を見上げた。

「うっ……」

女を感じさせる眼差《まなざ》しに、数馬は焦《あせ》った。

# 四

寛永寺で、酒井雅楽頭は家綱の夜伽《よとぎ》をしていた。とはいっても、家綱の棺がある黒書院には、大老といえども残ることは許されず、やむなく寛永寺が臨時に設立した休息所で、一人通夜をしていた。

「上様……」

酒井雅楽頭は涙をこぼした。

すでに酒井雅楽頭の周囲から人は離れていた。下馬《げば》将軍と称され、天下の政《まつりごと》を恣《ほしいまま》にし、権力の頂点にあった酒井雅楽頭だったが、庇護者《ひごしゃ》家綱を失ったことでその凋落《ちょうらく》は見えていた。まして、宮将軍などという徳川の血筋を無価値と言わんばかりの策を弄《ろう》したのだ。五代将軍となった綱吉の憎しみを受けるのはまちがいない。酒井雅楽頭が執政でいられるのも、家綱の葬儀が終わり、綱吉が将軍就任するまでと決まった。酒井雅楽頭は沈没寸前の船なのだ。人が逃げ出すのは当然であった。

「一夜の油断が、上様の深慮遠謀を潰してしまいました」

大きな後悔に酒井雅楽頭はさいなまれていた。

家綱が亡くなる前日、酒井雅楽頭は有栖川宮幸仁親王を宮将軍として迎えるようにと御用部屋の意思統一を図っていた。

「上様の弟君がおられるのに、なにゆえ宮将軍など」

酒井雅楽頭の勢威に老中たちが、つぎつぎと膝を屈していくなか、一人堀田備中守正俊だけが、反対した。

「徳川の血脈を末代まで保護するためである。これは上様のお心によるものであり、沿《そ》わぬ者は執政としての身分を剝奪《はくだつ》されると思え」

「家光さまのご正統を排されるつもりか」

酒井雅楽頭の説得という名の脅しも、堀田備中守には効かなかった。なにより、堀田備中守の言いぶんは正論であった。

さすがに徳川正統の血を疎《うと》んじるのかという堀田備中守の論を、強硬に封じこめるのは難しい。

「備中守どのはお若い。世間は正論だけでは通らぬとご存じではないのでござる。後ほどわたくしが話をしておきますゆえ」

稲葉美濃守の助言に従い、酒井雅楽頭は一日だけ猶予《ゆうよ》を与えた。

「ほかの大名方、越前松平《えちぜんまつだいら》や御三家、外様の前田や池田などお血筋の者どもにも、あらかじめ報せておくべきでございましょう。いきなりの発表は混乱を招きまする。御三家や前田などが落ち着いておれば、凡百の大名どもも慌てふためき恥をさらすようなまねはいたしますまい」

稲葉美濃守が根回しを勧めた。

「そのために、外様の前田を将軍世子にするという話を最初に出したのだがな」

もともと酒井雅楽頭に前田綱紀を将軍にするつもりはなかった。いや、なったらなったで百万石を取り潰し、そののちに廃するつもりではいたが、本命は宮将軍であり、前田綱紀は隠れ蓑《かくれみの》であった。

「鎌倉は宮将軍をいただいたおかげで、蒙古《もうこ》が襲来するまで天下平穏を維持できた。足利《あしかが》の血をあちこちに配した。その血族の間で対して、室町は関東公方《くぼう》をはじめに、将軍位を巡って争いがおこり、それが応仁の乱に繋《つな》がり、天下大乱となった」

死の病に侵《おか》されたと知った家綱が、酒井雅楽頭に相談したのが、宮将軍の始まりであった。

「徳川がその轍《てつ》を踏んではならぬ。血族で争えば、天下が乱れ、民が迷惑するだけでなく、一門も滅ぶ。足利の一門を見ろ、今や見る影もないではないか。躬《み》に子ができず、跡を譲れなかったのは悔《くや》しい。しかし、これを天の与えた契機とすべきである。宮を飾りの将軍とし、その代わり徳川の血族は格別な家柄として大封《たいほう》をもって遇する。こうして、天下の乱れを防ぐ。百年先に徳川が生き残るにはこれしかない」

吾が子ができなかった恨みを晴らすかのように、家綱は宮将軍に固執した。それを家綱に引きあげてもらった酒井雅楽頭は、忠実に実行した。

「躬もそろそろもたぬぞ」

死期を覚《さと》った家綱の言葉を受け、酒井雅楽頭が最後の一手にでようとした。御用部屋の総意として、有栖川宮幸仁親王を江戸へ下向《げこう》願い、五代将軍となっていただく。

それを堀田備中守が邪魔した。

「若輩者に熟慮の間を与える。一夜明けて考えが変わらずば、老中を辞してもらおう」

ことがことである。徳川の血筋を無視して宮将軍を迎えるとなれば、反発は必至であった。それを抑えこむためには、老中の総意という権威が要る。石橋を叩《たた》いて渡ろうとした酒井雅楽頭の慎重さが裏目に出た。

その夜の内に、江戸城内神田館《かんだやかた》へ出向いた堀田備中守は、家綱の弟綱吉を連れだし、将軍の居室御座《ござ》の間で、家綱と対面させた。命旦夕《たんせき》に迫り気力も尽き果てていた家綱は、堀田備中守のごり押しに負け、綱吉を世子としてしまった。

一夜の大逆転劇であった。

「愚か者どもが。これで徳川の滅びは決まった」

酒井雅楽頭が吐き捨てた。

「いずれ将軍の地位を巡って一門が争うことになる。徳川の結束が緩《ゆる》むとき、敵は現れ、天下は奪われる。そのときになって、家綱さまのご叡智《えいち》に気づいても遅いわ」

小さく酒井雅楽頭が口の端をゆがめた。

「もう余《よ》は知らぬ。いや、酒井家はかかわらぬ。吾が子孫に大老の職は受けさせぬ。いや、次に酒井の名字を冠する者が大老となるときは、幕府が滅ぶとき。儂《わし》の代わりに、幕府の末路を看取《みと》ることになろう」

酒井雅楽頭が呪詛《じゆそ》を口にした。

「上様、最後のご奉公でございまする」

家綱の安置されている黒書院へ向かって、酒井雅楽頭が拝跪《はいき》した。

「堀田備中と館林に、上様のご業績を汚されぬよう、手配をして参りまする。お側を去るのは辛《つろ》うございますが、いずれお手元に参上つかまつりますれば、しばしのご猶予を」

酒井雅楽頭が立ちあがった。

「御用に戻る」

控え室の反対側に固まっていた老中たちに酒井雅楽頭が告げた。

「しばしお待ちを。葬儀の打ち合わせをいたしたく」

寛永寺僧侶と話をしていた稲葉美濃守が止めた。

「早くせい」

酒井雅楽頭が急かした。

将軍は死んでも、政は止まらない。止められない。一日の無為が、人を殺す。それが政であり、執政はその怖ろしさを身に染みて知っていなければならない。

「では、上様のお守りは、老中大久保加賀守、寺社奉行松平山城守《まつだいらやましろのかみ》、板倉重通《いたくらしげみち》の三人に任せ、他の方々はお城での執務にお就《つ》きいただくでよろしいか」

稲葉美濃守が打ち合わせをおこなった。

将軍の葬儀は特殊であった。十四日の納棺《のうかん》以後、明け方、正午、日の入り前の三回、供膳《きょうぜん》、読経、焼香を繰り返す。これにつきあっていては、とても政務など執《と》れるはずもない。そこで、老中たちが協議し、常駐する組と執務に帰る組を分けた。

「もちろん、三人以外の何方《いずかた》でも、ご参列は随意《ずいい》になさっていただいてけっこうでござる。いえ、できるだけおいでくださるように」

「…………」

稲葉美濃守の言葉に、無言で酒井雅楽頭が首肯した。

「では」

参集していた者たちが、各々《おのおの》の思惑に応じて動いた。酒井雅楽頭は、さっさと江戸城の御用部屋へと戻った。

「あれだけのご寵愛《ちょうあい》を受けておきながら……」

「髷《まげ》を落としさえせぬ」

堂々と江戸城内を御用部屋へと向かって歩く酒井雅楽頭へ、陰口が聞こえた。

「ふん」

酒井雅楽頭は鼻先で笑った。

「上様のお声さえ聞いたことのないような端武者《はむしゃ》どもに、どう言われようが気にならぬわ」

より一層《いっそう》酒井雅楽頭は胸を張ってみせた。

「雅楽頭さま」

御用部屋の前で待機していたお城坊主が驚いた。

「お側を離れられてもよろしゅうございますので」

お城坊主が訊いた。

「上様のお側は離れがたいが、余は大老として、大政を上様よりお預かりしておる。館林公が将軍位に就かれるまで、その任を全《まっと》うせねばならぬ。これこそ、上様のご遺志にかなう」

「畏れ入りまする」

酒井雅楽頭の決意に、お城坊主が頭を下げた。

お城坊主は城中の雑用係である。登城してきた大名や旗本の湯茶の用意、厠《かわや》への案内、役人の使いなどを任としていた。

なかでも老中の執務室たる御用部屋への出入りを許されたお城坊主は、御用部屋坊主と呼ばれ、経験豊かなだけでなく、とくに心利《き》いたる者が選ばれた。

執政たちと親しく接する御用部屋坊主である。その人品骨柄は熟知している。御用部屋坊主は、酒井雅楽頭の秘めた哀悼《あいとう》を理解した。

「お茶をお点《た》ていたしましょう」

御用部屋坊主が、茶釜の前へ移動した。

「茶か……白湯《さゆ》にしてくれ」

「お断ちでございましょうや」

御用部屋坊主が酒井雅楽頭の顔を見て、用意を変えた。

「どうぞ」

白湯の入った茶碗《ちゃわん》を、御用部屋坊主が酒井雅楽頭の前へ置いた。

「すまぬな」

酒井雅楽頭が礼を言って、茶碗を手にした。

「温かいものは、一日振りじゃ」

寛永寺には、家綱のために供養の茶を点てる茶道衆が三人出ていた。三人はあくまでも死した家綱の霊前に供えるための茶を用意するのが任であり、たとえ大老の求めといえども淹《い》れなかった。

「お疲れでございましょう」

「たしかに疲れてはいるが、休むひまはない。上様のご政道を無事に次代へ譲らねばならぬ。そのための準備を怠《おこた》るわけにはいかぬ」

白湯を一気に喫《きつ》した酒井雅楽頭が、茶碗を置いた。

「馳走《ちそう》であった」

「お粗末でございました」

御用部屋坊主が一礼した。

「このまま雅楽頭さまが、ご大老を続けられては」

茶碗を片付けながら、御用部屋坊主が問うた。

「やらぬ。余は家綱さまの大老じゃ。これ以上務める気はない」

酒井雅楽頭が否定した。

「さようでございまするか。では、これで。御用がございますれば、お呼びくださいませ」

ていねいに頭を下げて、御用部屋坊主が出ていった。

「……これで儂が辞めるという噂が城内に拡がるはず」

御用部屋坊主の出ていった襖《ふすま》を酒井雅楽頭が睨みつけた。

「さて、どう動く、堀田備中守」

酒井雅楽頭が笑った。

「……次第によっては、加賀が使えよう。加賀の留守居役が、備中の家中に移ったと聞いた。そやつを使って、加賀を踊らせて、備中守の注意をそらせるのも手だな」

一人酒井雅楽頭が思案した。

「堀田備中守も館林も、かならず儂の首を取りに来る。上様のおられぬ世に、なんの未練もないゆえ、くれてやってもよいが、罪を得ての死はまずい。儂を引きあげた上様の評判が下がる。人を見る目のない将軍と、上様が嘲《あざけ》られるのだけは我慢ならぬ。殉死と取られぬだけの期間を稼ぐために、加賀には犠牲になってもらおう」

酒井雅楽頭が笑った。

御用部屋坊主は、酒井雅楽頭の引退宣言をさっそくに売りこんでいた。

「ご大老さまがお戻りになられ、御用部屋で執務されておられますが、そのとき……」

思わせぶりな内容を御用部屋坊主は、目に付いた役人の耳に入れた。

「なんと仰せだ、ご大老さまは。いや、儂はご大老さまのご心痛をお慰《なぐさ》めしたいと思っておるのだが、なにぶん、今後どのようになさるかで、いろいろとな」

役人が気遣《きづか》う振りを見せた。

「……………」

御用部屋坊主が黙った。

「いつもお世話になっておるな。これは些少《さしょう》だが……」

役人が紙入れを取り出し、小判を一枚御用部屋坊主の袂《たもと》に落とした。

「ありがとうございまする。お心遣い遠慮なく」

御用部屋坊主が微笑《ほほえ》んだ。

「雅楽頭さまは、政務の片付けに入られておられまする。西の丸さまが五代さまとなられたとき、身を退かれるために」

西の丸さまとは、将軍世子となった綱吉のことだ。江戸城西の丸は隠居した将軍あるいは、世子が住む場所である。神田館《かんだやかた》から西の丸へと移ったため、綱吉もこう呼ばれるようになった。

「それは真《まこと》でござるかの」

「はい。この耳ではっきりと聞きましてございまする。ああ、これは、ご貴殿ゆえお話しさせていただきました。どうぞ、他《よそ》さまには……」

わざと御用部屋坊主が最後を濁した。

「もちろんでござる。決して他言はせぬ」

役人が大きくうなずいた。

人は内緒話ほど言いたい、自分だけが知っていると自慢したい。

御用部屋坊主から一両で酒井雅楽頭の本音を買った役人は、早速顔見知りの旗本に声をかけた。

「ご存じか、ご大老さまのことを」

「なんのことでございまするか」

旗本が首をかしげた。

「ご存じではなかったか。いや、ご無礼をいたした。では」

「ま、待たれよ。このままで終わりはあまりでござろう。酒井雅楽頭さまがいかがなさったのでござる」

興味を引いておいて、あっさりと離れようとした役人を、旗本が引き留めた。

「いや、申しわけないが、お話しできぬのだ」

役人が焦《じ》らした。

「ご貴殿は、どこでその話を」

旗本が情報の出所を問うのは、自然な流れである。

「御用部屋坊主からでござる」

「……御用部屋坊主」

その名前を聞いて、話に惹《ひ》かれなければ、城内で生きていく資格はない。

「御免」

一礼した旗本が役人から離れ、御用部屋坊主のもとへと急いだ。

こうして御用部屋坊主は一日で、禄《ろく》を遥《はる》かに上回る余得を手にした。


大老引退の噂は、すぐに加賀藩留守居役五木《いつき》の知るところとなった。江戸城留守居溜に詰《つ》め、幕府から出る家綱葬儀の次第を待っていた五木のもとへ、金で買っているお城坊主が報せに来た。

「かたじけなし。近日中に屋敷までお出でくだされ」

褒賞《ほうしょう》を渡すと告げた五木は、下城時刻になるなり、留守居溜を後にしようとした。

「五木どの、随分《ずいぶん》とお急ぎのようでございますな。上様のご葬儀の手配がいつ命じられるかわからぬときに、早々の退出はいかがなものでしょう」

制止の声がかかった。

「……小沢……どの」

五木が絞り出すように、敬称を付けた。

「すでに七つ（午後四時ごろ）を過ぎておりまする。七つを過ぎてのお報せは急を要するもの以外なされぬのが慣例でございましょう」

苦い顔をしたまま五木が応じた。

「その不意がございましょう。上様がお亡くなりになられたのでございますぞ。これ以上の大事はございますまい」

小沢が勝ち誇った。

「言われたとおりでございまする。上様がお亡くなりになられた。これ以上の大事はございませぬ」

あっさりと五木が認めた。

「…………」

留守居役は弁が立たねば務まらない。五木は加賀藩留守居役のなかでももっとも雄弁で聞こえていた。五木の舌で、加賀にかかる夫役を免《まぬか》れたことは多々あった。その五木が反論してこなかったことに、小沢が驚いた。

「今は、天下を挙げて、上様のご逝去《せいきょ》を悼《いた》んでいる最中でござる。下城時刻を過ぎてから、留守居溜に申し渡すほどの用件はあり得ないはず。あるとすれば、先代家光さまが亡くなられた直後に起こった浪人由井正雪《ゆいしょうせつ》の乱のような謀叛のみ。それが貴殿はあるといわれるのでございますな。いや、上様のご治世で定まったといえる天下泰平の功績を、覆《くつがえ》す輩《やから》がいると、小沢どのは言われるのでございますな」

「……な、なにをっ」

大声を出した五木に、小沢が顔色を変えた。

「なにかの」

「加賀の五木どのと……小沢どのか。因縁だな」

同格組で集まって歓談していた留守居役たちの目が集まった。

「貴殿のご主君、堀田備中守さまをはじめとする執政の皆様方が、謀叛の火の手が上がるまで気づかないと」

注目を気にせず、五木が続けた。

「そのようなことはございませぬ」

主君の名前を出されては、小沢も五木に対する嫌がらせをしていられるはずもなかった。

「では、下城時刻でございますれば、これにて」

五木が別れを告げた。

めた。

「……おのれ」

手を出して、逆にはたかれてしまったのだ。置いて行かれた小沢が、口の端をゆがめた。

「小沢どの」

そんな小沢を備中池田家留守居役の田之倉が呼び止めた。

「田之倉氏《うじ》」

小沢が険しい表情を一瞬で消して、田之倉へと振り向いた。

「なにやらございましたので」

「いや、なんでもございませぬ。旧知の者と少し、戯《たわむ》れていただけでございまする」

尋ねる田之倉へ、小沢が首を左右に振った。

「昨夜お願いいたした件でございますが……」

遅くに訪ねてきた田之倉から求められた宴席の出欠を小沢は留保していた。その催《さい》促《そく》に田之倉が来た。用件を伝えたが、返事はもらえなかったでは、子供の使いと同じである。同格組へ報告できない田之倉が焦《あせ》るのも当然であった。

「申しわけないが、今少しお待ち願えぬか。喪明けのお誘いが重なってしまって、いつどなたとお目にかかるかの調整をいたさねばならず」

「他のお方も……」

田之倉が息を呑《の》んだ。

「はい。伊達どの、南部《なんぶ》どの、佐《さ》竹《たけ》どの、上杉《うえすぎ》どののらのお組、井伊、榊原《さかきばら》、本多《ほんだ》さまら譜代組、ああ、花房《はなふさ》どのら寄合《よりあい》旗本の方々からも、喪明け早々にと言われておりまして」

困惑している様子を小沢が見せた。

「……わたくしが一番にお願いしたのでは……」

「あいにく、田之倉さまは三番目でございました。一番はお旗本組で」

小沢が首を振った。

「…………」

後れを取ったと知った田之倉の顔色がなくなった。

「もちろん、田之倉どのとのご友誼《ゆうぎ》は覚えておりますゆえ、できるだけ早くに都合を付けたいと考えておりますが……」

餌《えさ》を小沢が田之倉の前に撒《ま》いた。

「ご足労をいただくのでござる。それなりのお礼はいたしまするぞ」

小沢の求めを理解した田之倉が、勢いこんだ。

「お駕籠《かご》代として十両お出しする」

一両あれば、吉原で一夜豪遊できた。もっとも大夫《たゆう》を呼べば、十両が一日で消える。それでも庶民にとっては大金であった。

「お気遣いありがたし。では、喪明けの翌日で」

「翌日……承知いたしました。吉原の三浦屋で用意いたしておきまする」

願った喪明け当日はかなわなかったが、二番目でどうだと言われた田之倉が妥協した。

「念を押すまでもございますまいが、このようなときでございまする。当日になって、お邪魔できない、あるいは途中で中座させていただくこともあるとお含みおきを」

「承知いたしておりまする」

老中の留守居役は多忙である。それも次の将軍のもとで大老格を与えられるのは確実と言われている堀田備中守の留守居役なのだ。田之倉が首肯した。

「よろしいかの」

田之倉の背中から声がかかった。

「貴殿は……熊本藩細川《ほそかわ》家の……」

振り向いた田之倉が驚いた。

「そろそろ代わっていただけぬかの。拙者も小沢どのにお願いがござってな」

用がすんだならば、さっさと退《ど》けと細川家の留守居役が言った。

「おう」

さらにその後ろに別の留守居役が並んでいるのを見た田之倉が慌てた。

「では、これで」

そそくさと挨拶をすませ、田之倉が去っていった。

「小沢どの、一席設けさせていただきたいが……」

「申しわけないが、喪明けから五日は先約で埋まっておりまする」

小沢が首を左右に振った。

「お忙しいことは承知しておる。いかがかの、割りこませていただくお詫びとして、茶碗を一つお譲りしたい。唐津焼《からつやき》で名人と言われた者の作でな、日本橋の商人が、五十両という値を付けたものだ」

細川家の留守居役が申し出た。

「それほどのお気遣いをいただくとなれば、お返しをせねばなりませぬな。いかがでございましょう。喪明け当日の昼間少し早めでは。夕刻からは吉原へ参らねばなりませぬが」

小沢が予定を告げた。

「吉原ならば、ちょうどよろしゅうござる。こちらも吉原で催しましょう。では、委細は前日までに」

細川家の留守居役が、使命を果たしたと満足げに離れた。

「……どれだけの金になるかの。金があれば、なにかあっても安心じゃ」

次の留守居役が近づいてくるのを見ながら、小沢がほくそ笑んだ。

# 第二章　殉ずる形

## 一

家綱の葬儀ができなくなった。

葬儀を取り仕切るはずの寛永寺《かんえいじ》門跡《もんぜき》輪王寺宮守澄法親王《りんのうじのみやしゅちょうほっしんのう》が、家綱の後を追うように十六日死去してしまったのだ。

守澄法親王は長く病床にあり、胤海僧正《いんかいそうじょう》にその責務を代行させていたが、さすがに将軍の葬儀を任せるには身分が軽すぎた。

寛永寺は慌《あわ》てて二代輪王寺宮の派遣を手配したが、宮の選定、随行員《ずいこういん》の選出などの手続きを考えれば、どう急いでも三ヵ月はかかる。そこまで家綱の遺骸《いがい》を安置しておくわけにはいかない。

そこで寛永寺は、比叡山《ひえいざん》へ急使を出し、派遣していた天海大僧正《てんかいだいそうじょう》の一番弟子公海《こうかい》大僧正を呼び戻した。

二十五日夜、公海大僧正が寛永寺へ帰山、翌二十六日、遅れに遅れていた家綱の葬儀が営まれた。

公海大僧正が大導師《だいどうし》を務め、寛永寺全山の僧侶が参加しておこなわれた葬儀は、老中だけでなく、諸大名も一堂に会する盛大なものであった。

法要を終えた正午から二刻（約四時間）をかけ、胤海僧正が家綱の霊廟《れいびょう》を浄める修法を施した。七つ過ぎ、鐘を合図に、酒井雅楽頭《うたのかみ》ら幕閣が衣冠束帯《いかんそくたい》に帯剣という正装で参集、三羽の鷹《たか》が放されるのを嚆矢《こうし》とし、本堂から霊廟まで敷き詰《つ》められた白布の上を伝って、公海大僧正を先頭に家綱の霊柩《れいきゅう》が動座した。

霊廟のなかに入れるのは、幕閣と家綱に近侍していた小姓《こしょう》たちだけである。少数の供に見守られた家綱の棺《ひつぎ》は、蓋《ふた》をされた後、公海大僧正が読経《どきょう》するなか、石槨《せっかく》に納められた。

「上様」

酒井雅楽頭は、綱吉の名代として廟内石段の下、一枚だけ敷かれた畳《たたみ》の上に平伏して、初めの焼香をおこなった。

「献供」

公海大僧正の作法を最後に、家綱の埋葬が終わった。

一同が本堂へ向かうなか、酒井雅楽頭は瞑目《めいもく》していた。

「雅楽頭さま」

動かない酒井雅楽頭を、胤海僧正が促《うなが》した。

「……わかっておる」

不機嫌そうに答えて、酒井雅楽頭が立ちあがった。

「…………」

もう一度家綱の霊廟を見回した酒井雅楽頭が踵《きびす》を返した。

「儂《わし》の眠る場所はここにはない」

殉死すれば、その者の墓は、主君の側《そば》に立てられるのがならいであった。ために、霊廟の脇には少々の空きを作る。しかし、殉死禁止令を出した家綱の霊廟に、その場所は設けられていなかった。

「なにか」

酒井雅楽頭の呟《つぶや》きを、胤海が聞きとがめた。

「いや、なんでもない」

小さく酒井雅楽頭が首を左右に振った。

加賀藩《かがはん》五代藩主前田綱紀《つなのり》は参列を終え、用意された宿坊で着替えをしていた。

「お疲れでございましょう」

同行していた用人が気遣《きづか》った。

「控えから数えると三刻（約六時間）近いからな」

綱紀が嘆息した。

「行列の仕度《したく》ができるまで、しばしここにてお休みを」

「わかった。茶をくれ」

用人の申し出を了承したあと、綱紀が喉《のど》の渇《かわ》きを訴えた。

「ただちに」

後ろに控えていた留守居役《るすいやく》の五木が、宿坊の庫裏《くり》へと走った。

借りている座敷で火を熾《おこ》すわけにはいかなかった。万一失火をし、寛永寺に被害を及ぼせば、家が潰《つぶ》れる。飲み食いは、すべて宿坊の僧侶に頼むのが決まりであった。

寛永寺には多くの宿坊があった。大名はそのうちの一つと繫《つな》がりを持ち、将軍家主催の法要などに参加するときの、休息所として使用していた。その交渉も留守居役の仕事であった。

「ご一服なされませ」

庫裏で点《た》てた薄茶を、宿坊の僧侶が綱紀に差し出した。

「馳走《ちそう》になる」

軽く一礼して、綱紀は茶を口にした。

「参左衛門」

「はっ」

綱紀が五木を呼んだ。すでに、宿坊の僧侶は庫裏へ下がっていない。

「雅楽頭のこと、まちがいないか」

「城内ではそのような噂《うわさ》が、あちらこちらから聞こえて参りまする」

問われた五木が答えた。

先日留守居溜《だまり》で耳にした酒井雅楽頭引退の話を五木は綱紀に報告していた。

「本人からは、まだなにも」

「そのように伺《うかが》っておりまする」

確認する綱紀に五木が述べた。

「大老の職を退くことは当然の結果であろうが……」

「すんなりとはいきますまい」

同行していた用人の朝田《あさだ》が応じた。

大老の権力は大きい。だけに把握している職務も多く、いきなり辞任されては政《まつりごと》が停滞してしまう。

「老中首座の稲葉美濃守《みののかみ》あたりがどうするかだの」

「お辞めにはならぬかと」

五木が言った。

「次の寵臣《ちょうしん》堀田備中守《びっちゅうのかみ》さまとは、縁続き。ますますの栄達《えいたつ》が望めましょうほどに」

推測を五木が口にした。

稲葉美濃守の娘が堀田備中守の正室であり、二人は義理の親子であった。また、堀田備中守が、稲葉美濃守の祖母春日局《かすがのつぼね》の養子となっていることもあり、稲葉家と堀田家の結びつきは深い。稲葉美濃守の推薦で、堀田備中守は老中になれたといってもまちがいではなかった。

「それを言い出せば、堀田備中守どのの母御は、酒井讃岐守忠勝《さぬきのかみただかつ》さまが娘。酒井雅楽頭さまとも遠縁にあたるぞ」

朝田が述べた。

酒井雅楽頭の三代前重忠《しげただ》の弟忠利《ただとし》の子供が讃岐守忠勝であった。

「稲葉さまに比べて、遠すぎましょう」

五木が否定した。

「たしかにな。なにより、堀田備中守にとって酒井雅楽頭は目の上の瘤《こぶ》だ。これから政を手にしようというときに、先代の寵臣が居座《いすわ》っていては、思うようにできまいからな。酒井雅楽頭が、残りたいと言っても潰しにかかるだろうよ」

綱紀も同意した。

「なによりも酒井雅楽頭が大老の座に恋々とするとは思えぬ」

「下馬《げば》将軍といわれるほどの権力をすんなり手放すと」

朝田が綱紀に問うた。

「酒井雅楽頭が大老であれたのは、家綱さまが天下の権を負託されたからだ。その家綱さまがお亡くなりになった今、その負託も消えたと考えるべきだろうな」

綱紀が答えた。

「では、御用部屋坊主が聞いた引退の話は、酒井雅楽頭さまの未練ではないと」

「自ら辞めるということで、引き留めを願っているとは思えぬぞ。また、それを認めるほど綱吉さまはお人好しではあるまい」

大きく綱紀が首を左右に振った。

幕府の要職は、将軍から罷免《ひめん》されない限り続けられるだけでなく、老齢、病気などを理由に、職を辞すにしても、将軍の許しなしにはできなかった。

また、職を辞したいと申し出た老中には、将軍による慰留が慣例となってもいた。

「昨今、身体《からだ》の不調著しく、大任に耐えられず、職を辞したく願いあげ奉《たてまつ》りまする」

こう言ってきた老中に、将軍は一度慰留しなければならない。

「そなたなくして、天下の政はならず。職務を続けるよう」

ここでもう一度辞めたいと言えば、

「そこまで言うならば、いたしかたなし。加判《かはん》の職を解く。今後は身を愛《いと》おしめ」

と将軍が言い、辞任が成立する。

これは形式である。もし、慰留をそのままに受け取り、

「では、今しばし、お仕えいたしまする」

と言い出せば、辞めさせられなくなる。将軍が形だけとはいえ、慰留したのだ。その舌の根も乾かぬうちに罷免など、将軍自らがその権威を否定することになりかねない。

それを酒井雅楽頭が利用しようとしているのではないかという朝田の危惧《きぐ》を、綱紀が打ち消した。

「どうだと思う」

「噂を広めたのは、酒井雅楽頭さまだと」

「うむ」

確かめる朝田へ綱紀が首肯した。

「立つ鳥あとを濁さずという言葉がある。酒井雅楽頭はなんの後始末をしようとしているのかだ」

綱紀が疑問を呈した。

「追及を避けるためでございましょう」

五木が告げた。

「執政職が咎《とが》められるのは、そのほとんどが辞めてからでございまする。在任中の采《さい》配《はい》に不届きありという理由で、減封されたり、転封されるのがほとんど」

「家に傷をつけるわけにはいかぬな。それは当主としての義務だ」

五木の説明に、綱紀が強く言った。

「在任中の失策の隠蔽《いんぺい》のためのとき稼ぎではございませぬか。自ら辞めると言っておけば、催促《さいそく》はされませぬ」

辞職を催促するのは、惻隠《そくいん》の情がないとして悪評のもととなる。五木の意見もまちがいではなかった。

「とき稼ぎだけならいいが……」

綱紀が暗い表情を浮かべた。

「ご懸念でも」

朝田が尋《たず》ねた。

「あの雅楽頭ぞ。一石二鳥を考えてなければよいが」

綱紀が危惧した。

「なにせ、吾《われ》は断ったとはいえ、綱吉どのより先に五代将軍の座を勧められたのだ。同じことが六代将軍のときにないとは……」

「綱吉さまには、徳松君《とくまつぎみ》という若さまがおられまする」

朝田が顔色を変えた。

「まだ二歳か、三歳であろう。無事に育つという保証はないぞ」

「…………」

綱紀の言葉の裏に含まれているものを悟ったのか、五木が蒼白《そうはく》になった。

「そうなったとき、また吾の名前があがったとしたら」

「加賀が将軍世子を……」

それ以上、朝田は口にできなかった。

「一度捨てられかけた犬は、飼い主を信じぬ。綱吉どのは、吾を信じてくださるまい。どれほど、将軍位に野心などないと声高《こわだか》に申したところでな」

綱紀が自嘲《じちょう》した。

「地位を奪われるという恐怖を綱吉どのが払拭《ふっしょく》したいと思ったとき……」

「か、加賀は潰される……」

「ああ」

震えながら答えた朝田に、綱紀がうなずいた。

「どういたしましょう」

朝田が額に汗を浮かべて焦《あせ》った。

「五木」

綱紀が目で五木に命じた。

「はっ」

五木が一度部屋を出て、周囲を警戒した。

「大事ないかと」

様子を窺《うかが》っている者はないと五木が報告した。

「うむ」

首を縦に振って綱紀が朝田を見た。

「とるべき方法は三つ。一つはなにもせず、ただひたすら幕府の攻勢に耐え抜く」

「三代利常《としつね》さまのようにでございますか」

「そうだ。さすがに鼻毛は伸ばさぬがな」

訊《き》いた朝田に、綱紀が苦笑した。

加賀藩三代当主利常は、前田家が幕府から狙われていると重々承知していた。ただ天下人が軍を動かすには、名目が要《い》る。ならば、名目を与えなければいいと利常は、加賀が無害であることを見せつけた。そのため、わざと鼻毛を伸ばしたまま江戸城へあがったり、城中の廊下から立ち小便をするなどして、虚《うつ》けを装った。当主が虚けゆえに、加賀には天下への野心はないと見せつけるためであった。

「だが、これは良い手とは言えぬ。耐えるにも限界がある。なにより隙《すき》を見せるとどのような無理難題を押しつけてくるかわからぬ。それこそ、蝦夷地《えぞち》全部との国替えとかな」

「蝦夷地でございまするか。あそこは蠣崎《かきざき》氏の領地でございますが、米がまったく穫《と》れぬ不毛の地だと聞いておりまする」

「そのようなもの、幕府の手にかかればどうにでもなろう。それこそ、適当に検見役《けみやく》を出し、百五十万石とでもすればな」

綱紀が腕を組んだ。

検見とは、検地を担当する役人のことだ。旗本から選ばれて現地へ派遣され、決められた竿《さお》を使って、土地の広さを確定し、さらに農地としての格を上中下に分けた。格によって、一反あたりこれだけの米が穫れるとの基準が幕府にはある。広さと格を掛け合わせれば、その地の表高が算出される。

表高と実際の収穫が一致しないところは多い。有名なところでは、表高の倍以上の実高を誇る駿河《するが》、逆に表高の十分の一と言われる奥州棚倉《おうしゅうたなぐら》などがある。実高の多いところへは褒賞《ほうしょう》、実高が及ばないところへは左遷《させん》であった。

「幕府が決めた表高に文句は言えぬぞ。しかも加増の形を取られてみろ、断れまい」

「…………」

朝田が黙った。

「二つめが、綱吉どののお命をお縮めする……」

綱紀が声をいっそう潜《ひそ》めた。

「げっ……」

「…………」

朝田が驚愕《きょうがく》したのに対し、予測していたのか、五木は平静であった。

「これの問題は二つある。一つは言わずともわかるように、どうやるかだ。まだ神田《かんだ》館《やかた》にいてくれれば、どうにでもなった。将軍になれば、その身は江戸城の中奥へと移る。そこに至るには、甲賀者《こうがもの》、伊賀者《いがもの》、書院番《しょいんばん》、小姓番《こしょうばん》の壁を抜けねばならぬ。まず無理だ。腕の利《き》く忍《しのび》なら、望みはあるかも知れぬ。といってもその忍に心当たりはないがの」

しゃべりつかれたのか、綱紀が白湯を少し口に含んだ。

「もう一つは、綱吉を害したとして、六代将軍に誰がなるかということよ。もし、今よりもつごうの悪い御仁《ごじん》にその座が行けば、己《おのれ》で己の首を絞める結果になる」

「そのようなまねは、とんでもございませぬ」

強く朝田が拒否した。

「このような話をしていると知られただけでも、加賀が消え去りまする」

朝田が必死になった。

「ふん」

その様子を綱紀が鼻先で笑った。

「そなた、わかっておるのか。加賀が死ぬか、綱吉が死ぬかの争いだというのが。殺される前に殺す。それは当然であろう」

「とんでもないことでございまする。乱世ではございませぬ」

「額に青筋を浮かべて怒るな。歳を考えろ、倒れるぞ」

綱紀が嘆息した。

「するわけなかろうが」

「真《まこと》でございましょうな」

やらないと言った綱紀に、朝田が疑いの目を向けた。

「主《あるじ》を信用できぬのか。やらぬよ、他の手がなくならないかぎりな」

さらっと綱紀が述べた。

「……な、なっ」

朝田が詰まった。

「最後の一つだが……」

顔を赤くしている朝田を置き去りにして、綱紀がふたたび話し始めた。

「加賀から綱吉の目をそらせる」

「はい」

五木が首肯した。

「もちろん、この案にも欠点がある。どうやるか、どのていど効果があるかわからぬという問題がな。だが、最初の二つに比べれば、まだ実行可能である。いや、今の段階で、我が家の取り得る手段は、これしかない。もちろん雅楽頭を放置もできぬ。注視も怠《おこた》るな」

綱紀がはっきりと断じた。

「留守居役の任でございまする。お任せくだされば、みごとしてのけましょう」

大きく五木が胸を張った。

「五木、よいのか」

自信満々の五木に、朝田が不安そうな表情で訊いた。

「搦《から》め手《て》から藩を守るのが、留守居役の役目でございまする」

「そこまで申すならば……」

朝田が引いた。

「任せる。好きなようにいたせ」

綱紀が五木に告げた。

「ああ、一つだけ申しておこう。瀬能を使え。経験を積ませるにはちょうどいい」

「お言葉を返すようで畏《おそ》れ多いとは存じまするが、瀬能はまだまだ使いものになりませぬ」

主君の命《めい》に、五木が首を左右に振った。

「交渉ごとで使わずともよい。餌《えさ》ぐらいにはできよう」

冷たい口調で綱紀が言った。

「餌……小沢でございまするな」

すぐに五木が気づいた。

「小沢といろいろ絡んでおるとそなた申しておったであろう」

「はい」

五木がうなずいた。小沢にかかわることは、すべて綱紀のもとへあげている。小沢がわざわざ数馬を名指しして、宴席に招いたことも、妾宅《しょうたく》の世話をしようと誘ったことも報告していた。

「堀田備中の目だ。あやつは。その目をくらますのに、瀬能は使えよう」

「逆に、利用される。あるいは取りこまれるやも知れませぬ。瀬能の家にはそれだけの成り立ちがございまする」

まだ五木は危惧していた。

瀬能の家はもともと旗本である。珠姫の強請《ねだ》りで加賀藩士へと転籍した。六百石から千石へと加増されたとはいえ、徳川直参《じきさん》から陪臣《ばいしん》の地位へ落とされた。

「旗本への復帰を狙っていると」

「…………」

無言で五木が肯定《こうてい》した。

「政長がさせぬよ。そのようなまね。瀬能には裏切れぬようにいくつもの鎖《くさり》がかけてある。まず、国元にいる両親と妹だ。加賀を裏切れば、親と妹がどうなるか、それくらいは瀬能でもわかっている」

「それで瀬能を江戸へ……」

朝田の表情が強《こわ》ばった。

「瀬能は幕府が加賀へ打ちこんだ二本目の楔《くさび》だ。まあ、一本目が太すぎて、まったく目立たなかったがな」

綱紀が嘆息した。

「本多さまが、加賀を裏切ると」

朝田が震えた。

加賀藩筆頭宿老《しゆくろう》本多政長の祖父は、かの本多佐渡守正信《さどのかみまさのぶ》であった。徳川家康の謀臣として、関《せき》ヶ原《はら》、大坂の陣などを勝利に導いた本多佐渡守の次男本多政重《まさしげ》は、同僚と諍《いさか》いを起こし相手を斬って出奔《しゆつぽん》、宇喜多秀家《うきたひでいえ》、福島正則《ふくしままさのり》、前田利長《としなが》、上杉景勝《うえすぎかげかつ》と主《あるじ》を替えたのち、ようやく前田家に腰を落ち着けた。

「本多は裏切らぬ。なにせ、徳川に捨てられたのだからな」

綱紀が否定した。

徳川家康の天下取りを支えたといって過言ではない本多佐渡守家であったが、その末路は悲惨であった。佐渡守正信亡き後を継いだ嫡男《ちやくなん》本多上野介正純《こうずけのすけまさずみ》は秀忠の重用を受け、老中になり、先祖の功績として宇都宮《うつのみや》十五万三千石の藩主となった。だが、その裏で本多上野介の排斥《はいせき》は進み、日光《につこう》参拝に出た秀忠の宿として用意した建物に、釣り天井《てんじよう》を仕掛けたという言いがかりとしか思えない罪を着せられ、流罪となった。また、政重の弟で佐渡守正信の三男忠純《ただずみ》は家臣によって殺されるという不審な最期を遂げていた。

「本多は堂々たる隠密《おんみつ》と言われている」

綱紀が続けた。

徳川最大の謀臣の息子が、宇喜多、福島、上杉と外様《とざま》の大大名を渡り歩いた。そのうち、宇喜多と福島は改易《かいえき》され、上杉は関ヶ原の敗者として百二十万石を三十万石に減らされている。自然な流れとして本多政重に疑いの目が向く。その政重が前田家に仕えたのだ。警戒されて当たり前であった。

「目立つことで、なにかを隠す。それが本多の役目ではないのかと吾は考えている。いや、本多にそのつもりはないだろう。そう思わせるように、幕府が動いたというべきかの」

「では、瀬能こそが、幕府から加賀に送りこまれた隠密だと」

綱紀の推測に、朝田が付け加えた。

「瀬能だと思いこむのもまずいぞ。珠姫さまについて徳川から前田に籍を変えた者は瀬能だけではないはずだ」

「たしかに他に二名の士分と中間《ちゆうげん》が四名、小者が四名いたかと」

藩のことに精通していなければ、用人など務まらない。すぐに朝田が答えた。

「それらの者だけではなかろう。江戸にはもっと面倒な者がおる」

綱紀が眉《まゆ》をひそめた。

「江戸に……ご家老の横山さまでございまするか」

五木が緊張の声で言った。

「うむ」

重々しく綱紀が認めた。

「いたしかたなかったとはいえ、横山は徳川に近づきすぎた。あれははっきりと取りこまれている」

苦々しい顔で綱紀が述べた。

江戸家老筆頭の地位にある横山家は、前田家でも屈指の歴史を誇る譜代であった。賤《しず》ヶ岳《たけ》で討ち死にした初代長隆《ながたか》を初め武勇に優れた人物を輩出した。なかでも長隆の嫡男《ちゃくなん》であった長知《ながちか》の功績はぬきんでていた。

豊臣秀吉が死に、後を追うように前田家初代利家が逝《い》ったあと、天下を狙った徳川家康によって、加賀の前田家に謀叛《むほん》の疑いがかけられた。そのとき、直接大坂まで出向き、前田討伐を言い張る家康を説得したのが、長知であった。次男長次《ながつぐ》を家康への人質として差し出した功績などもあり、横山家は二万七千石という大禄《たいろく》を与えられ、世襲の江戸家老を務めている。

「人質だったはずの長次は、家康から五千石をもらい、寄合《よりあい》旗本になっている。陪臣のそれも次男を五千石も出して旗本にする。その意味するところは一つだ。本家を手元に引き寄せる。それ以外にない。前回の吾を将軍世子にとの騒動のおり、親類面《づら》した長次が玄位《はるたか》のもとへきたであろう」

「さようでございました」

朝田も思い出した。

「加賀には、山ほど幕府の手が伸びているのだ。そのうちどれが本物で、どれが囮《おとり》なのか、わからぬ。ならば、試すしかなかろう。瀬能を小沢に近づけよ。それで瀬能が取りこまれてくれれば、少なくとも一つ潰せる」

「よろしゅうございますので。瀬能は本多さまの娘婿《むすめむこ》でございますが」

朝田が尋《たず》ねた。

「本多は鋭い。吾の意図を見抜く。瀬能一人で本多家を危うくするようなまねなどせぬ」

綱紀が保証した。

「承知いたしました」

五木が納得した。

「駕籠《かご》の用意ができたかどうか見て参れ。腹が空《せ》いた」

すでに昼を過ぎている。綱紀が朝田に帰路を急かせた。

# 二

留守居役になり、同格組や近隣組への顔見せもすんだが、数馬に役目は任されなかった。

「もう少し、世間を知るまで、藩邸に詰《つ》めていよ。いずれ役を与える」

数馬の指導役となった五木の指示で、数馬は朝から晩まで加賀藩上屋敷にある留守居控えでじっと座っていた。

「…………」

将軍の葬儀も終わり、藩邸はいつもの様相を取り戻しつつある。まだ音曲《おんぎょく》は停止《ちょうじ》されているが、あまり派手に騒がなければいいとなり、他の留守居役たちは、新しい将軍の誕生に伴う変化を捉《とら》えるべく走り回り、誰一人控えにはいなかった。

「瀬能」

昼餉《ひるげ》を摂《と》りに長屋へ帰ろうかと数馬が思い始めたとき、五木が控えに戻って来た。

「なにか」

数馬は、すばやく五木の側《そば》へと駆け寄った。

　留守居役は他職と違った独特のしきたりを持つ。その最たるものに、先達《せんだつ》の指示は主君の命《めい》と同じだというのがあった。呼ばれれば、いつであれ、どこであれ、ただちに参上する。同藩の先達よりも同格組や近隣組の先達への対応が重要であった。禄をもらっているわけでもなく、なにか世話になっているわけでもない相手に、そこまで卑屈な姿勢を取るのはどうかと数馬は不満であったが、慣習であるといわれれば、従わざるをえない。刃向《はむ》かえば、己だけでなく藩へ迷惑がかかるのだ。

　その練習として、数馬は同藩の留守居役全部を先達として、対応していた。

「妾宅《しょうたく》はどうなった」

　五木が質問してきた。

「まだでございまする」

　佐奈にも急かされていたが、将軍の喪中である。妾《めかけ》を囲うための家を探すなどという浮かれたまねをする気にはならなかった。

「そうか。よかった」

　ほっと五木が息を吐《つ》いた。

「……………」

　怠慢《たいまん》だと叱《しか》られるのではないかと思っていた数馬は、首をかしげた。

「ついてこい」

五木が背を向けた。

「家を探しにでございまするか」

藩邸から出るのは久しぶりである。数馬は訊いた。

「そうだ。もっとも、直接ではないがな。良い家の手配をお願いしに行くのだ。そなたがお願いするのが筋であろう。儂は紹介だけで帰る」

五木が述べた。

「どなたさまのもとへ」

さらに数馬は問うた。

「小沢だ」

「な、なにを」

数馬は目を剝《む》いた。

「小沢どのに任せてはならぬと仰《おお》せだったのでは」

かつて吉原に招かれた数馬が、小沢から妾宅を勧められたと聞いた五木が、押しつけられる前にさっさと妾を作れと言ったのである。前の話と整合がなっていないと数馬は、五木に詰め寄った。

「妾を押しつけられるのがまずかったのだ。小沢の紹介した妾に、そなたが溺《おぼ》れては困るゆえに急がせた。しかし、すでに妾は決まったのだろう」

「……はい」

自信なさげに数馬は認めた。

「ならばそなたが取りこまれる心配はない」

「たとえ小沢どのご紹介の女であっても心を許すようなまねはいたしませぬ」

心外だと数馬は口にした。

「寝言を言わぬ自信があるのか」

「……いえ」

厳しい顔をする五木に、数馬の勢いが落ちた。寝ている間は意識がないのだ。なにを言ったか、言ってないかなどわかるはずはなかった。

「だからだ。留守居役の寝言は藩にとって致命傷になることがある。心しておけ」

「はい」

すなおに数馬は頭をさげるしかなかった。

「ではなぜ小沢どののところへ」

疑問を数馬は払拭《ふっしょく》できなかった。

「今の小沢は老中の留守居役だ。同格組ではないが、気を使わねばなるまい」

「それはそうでございまするが……」

堀田備中守は老中だが、石高は四万石でしかない。当然百万石をこえる前田家との格差は大きい。また、領地も上野安中《こうずけあんなか》と加賀とは遠い。同格組でも近隣組でもない。堀田家の留守居役とのつきあいは、ほとんど城中留守居溜だけですんでいた。

しかし、それは堀田家がただの譜代大名であった場合である。堀田備中守が老中となり、そのうえ、五代将軍綱吉擁立《ようりつ》の功績者として、次代の権力者と定まったのだ。前田家も堀田家の機嫌を取らなければならなかった。

「その小沢が、おぬしに妾を世話すると言ってきた。それをただ断るだけでは、角が立つではないか。小沢の顔を立てるために、妾宅の相談を持ちかけるのよ」

「それでご機嫌取りができましょうや」

妾は細作《さいさく》代わりとして使える。男の情報を取るのに、女以上のものはない。だが、妾宅という建物では、何一つ話は奪えない。

「できる。一つに、妾宅を紹介してもらうということは、場所を教えるのと同じだ。つまり、不意の来訪を受け入れるという意味を持つ。続いて、わずかとはいえ紹介の手数料が入る。まあ、しもた屋ていどでは、さしたる金ではないが、藩に報《しら》せずともよい金が入る。なにより、おぬしに個人としての恩が売れる」

「恩を着せられろと……」

数馬は嫌な顔をした。小沢とは何度か顔を合わせたが、どうも肌合いが悪い。品川で同格組の先達たちと会ったときに、かなり厳しい対応をされたが、それでも小沢よりは好ましかった。

「おぬし個人としてな」

「無茶を……」

淡々と言う五木に、数馬が嘆息した。

「藩に迷惑をかけなければ、問題ない」

「…………」

数馬は沈黙した。

「藩のために、吾《わ》が身を犠牲にする。それが留守居役である」

「殿のためならば、命を惜しみはしませぬが……もし、恩を盾《たて》に小沢どのが、藩の内情を求めてきたときは、どういたせと」

使い捨てると言われたにひとしい。さすがの数馬も怒った。

「そのときは、儂に言え。小沢に流していい情報を教えてくれる」

「嘘偽《うそいつわ》りを伝えさせるおつもりか」

数馬が懸念を口にした。

嘘とは知らずに伝えたとしても、後日それが偽りだとわかったときの報《むく》いは、数馬に来る。

「それはない」

はっきりと五木が否定した。

「嘘はかならずばれる。ばれたときの報いは、おぬしだけでなく、藩にも向けられる。老中を敵に回しては、加賀といえども無事ではすまぬ。儂がおぬしに預けるのは、知られたところでどうというものではないか、あるいは、そう遠くない先に明らかにする話だ。安心していい」

五木が説明した。

「そのていどで、小沢どのが満足しましょうや」

小沢はもと加賀藩士である。藩の内情には詳《くわ》しい。数馬のもたらした情報が、重要なものかどうかは、すぐにわかるはずであった。

「そこまではこちらの責任ではない。おぬしが新参者だと小沢もわかっている。新参に重要な話を預けないのは、どことも同じ。それくらいは、小沢も承知している」

「……はあ」

これ以上言ったところで、五木が翻意《ほんい》するとは思えない。数馬は承諾した。

「どこへ」

「小沢の長屋よ」

「出かけているのではございませぬか。すでに昼を過ぎておりまする」

留守居役の仕事は宴席にこそある。さすがに朝のうちから酒を飲むことはしないが、昼を過ぎれば、まず留守居役は吉原などの遊所にいた。

「いいや。小沢の主家は堀田だぞ。いかに次代の寵臣とはいえ、老中だ。上様の喪中に老中の臣が、外で浮かれていてはまずかろう」

「留守居役の行状が備中守様の足を引っ張るきっかけとなる……」

「そうだ」

数馬の言葉に、五木が首肯した。

「もっとも、喪が明けたのちの宴席のお誘いは引きも切らないだろうがな」

言いながら、五木が屋敷を出た。

「妾宅の条件を詰めておこう」

五木が数馬に並ぶようにと招いた。

「妾宅の費用は藩から出る。妾の手当も決まっただけだが支給される。ものがものだけに、家族に知られるのもよろしくなかろうと、月初めにまとめて留守居役組頭《くみがしら》の六郷《ろくごう》どのが受け取られ、皆に分配される。留守居役を務めている期間によって金額は違う。おぬしはもっとも新しいゆえ、さしたるものではないが、妾宅と女の手当てを合わせて二両ほどは出る」

「妾としての手当が……要る……」

数馬は思ってもいなかった。

「……忘れていたのか。前に少し言ったはずだぞ」

「恥ずかしながら」

あきれる五木に、数馬は頭を下げた。

「まあ、おぬしの場合は、奥方の侍女だからの。禄は本多さまから出ているのだろうが、それですませるなよ」

「承知いたしました」

数馬はうなずいた。

「見えたな。やはり人が並んでおるぞ」

五木が指さした。

堀田備中守の上屋敷には、十数人の行列ができていた。

「ずいぶんと多い」

数馬は驚いた。

「まだ少ないくらいだぞ。喪が明けてみろ、たぶん隣の屋敷に待合ができる」

「まさか」

五木の表現を数馬は大げさだと感じた。

「権とはそういうものだ。権門に人が集まるのは、わかるな」

「それはわかりまする」

さすがに数馬でも権力者に近づいて出世を願う者が多いことは知っていた。

「ですが、隣家が大門を開いてまで、かかわりのない者を入れましょうや」

数馬が疑問を呈した。

武家屋敷の大門は厳粛《げんしゅく》なものであった。当主、一門、主君、上役、同格の客、とくに許された者のためにしか開かれないのが通常である。それが、隣家を訪れるために並んでいる者を受け入れるはずなどなかった。

「二ヵ所に恩が売れるのだぞ。形式よりも実を見ろ」

世間を知らないなと五木が、数馬を諭《さと》した。

「二ヵ所……」

「わからぬのか。一つは堀田家だ。いかに勝手に並んでいるとはいえ、客には違いない。その客を外に延々と待たせては、近隣へも申しわけなかろう。通行の邪魔や、騒がしいなどと悪評の原因となる。執政衆は悪い噂《うわさ》は避けねばならぬ」

「わかりまする」

それくらいは数馬も理解していた。

「もう一つ、行列をつくっている家に恩が売れる。別に茶菓の接待を受けるわけではないが、雨や風、暑い、寒いなどから避難できるのだ。武家は相身《あいみ》互《たが》い身《み》だとは言うが、受けた恩は借りになる。待合を貸してくれた家になにかあったときには、多少なりとても力を貸そうという気になるだろう」

「たしかに」

数馬は納得した。

「今どき、大門の格式にこだわったところでなんの得がある」

「損得の問題ではないと思いまするが」

あきれる五木に、数馬は言い返した。

「ふん」

鼻先で五木が笑った。

「世のなかは損得で回っている」

「そのようなことはございませぬ。武家には損得抜きというものも多うございまする」

数馬が反した。

「ほう。教えてもらいたいものだな」

行列の最後尾に並びながら五木が数馬を見た。

「忠義、主君への忠義でございまする」

数馬は言った。

「それこそ、損得の最たるものだろう。主君に従えば禄がもらえる。逆らえば取りあげられる」

五木が断言した。

「なにを……」

武家の根本を揺るがすような五木の発言に、数馬は目を剝《む》いた。

「もともと武家の成り立ちがそうだろう。恩とご奉公だ。恩が禄、ご奉公はいわずともわかろう。戦《いくさ》に行くのは、家が滅びては禄がなくなるから、あるいは手柄を立てて、加増を願うため。命をかけるのは、死んでも遺族には手厚い保護が約束されているからだ。違うか」

「…………」

数馬は詰まった。

命をかけると言われたとき、綱紀のために死ねるかどうかをふと考えてしまったからである。

「おっと、こんな話をする場所ではなかったな」

五木が辺りをはばかった。

「はあ」

言葉を投げつけるだけ投げつけて、逃げられたようなものである。数馬は消化不良の顔をした。

「お次の方」

それ以上の会話が続かず、黙って並んでいた二人に堀田家の家士が声をかけた。

「加賀前田家の留守居役五木と瀬能でございまする。貴家留守居役の小沢どのにご面談を願いたい」

代表して五木が用件を述べた。

「しばし、こちらでお待ちを」

家士が二人を玄関脇の客間へと案内した。

「普請停止中に、客待ちを新設するわけにはいかぬわな」

客間を見渡して五木が呟いた。

「客待ち……」

数馬は首をかしげた。

「そうだ。これだけ客が来るのだ。それを収容する場所がいるだろう。かといって、最初から作っていると、用意がよすぎるとして、はしたないと思われよう」

「老中になられたときでよろしいのではございませぬか」

堀田備中守が老中になったのは延宝《えんぽう》七年（一六七九）である。わずか一年前とはいえ、客待ちを増築することはできたはずであった。

「ご老中ていどでは、そこまで客待ちは要らぬのだ。なにせご老中は五人ほどおられるからな。一人に集中せぬ。集中するのは、大老あるいはそれに準じるお方よ」

五木が述べた。

「では、並んでいたというのは……」

「世間も酒井雅楽頭さまから堀田備中守さまへ、力が移ったと見ているとの証拠よ」

確認を求めた数馬に、五木が答えた。

「お待たせをいたしました」

客間に小沢が入ってきた。

「お忙しいところを申しわけございませぬ」

「…………」

五木が腰を曲げ、数馬もまねをした。

「お珍しいことでございますな」

家中の者として、客をたてなければならない。小沢が下座に腰をおろした。

「じつはお願いがございましてな、瀬能、おぬしから申しあげよ」

五木が投げた。

「……はい」

数馬は軽く頭をさげた。

「先日は馳走《ちそう》になりました」

まず数馬は吉原の礼を述べた。

「いや、お楽しみいただけなかったようで、申しわけなかった。あとで敵娼《あいかた》の妓《おんな》を厳しく叱っておいたゆえ、許して欲しい」

小沢が詫《わ》びを言った。

「それはいかぬ。瀬能」

五木が口を挟んだ。

「お招きいただいて妓を抱かぬというのは、失礼である。出された料理にけちをつけるのと同じだぞ」

「申しわけございませぬ」

すでに報告をしてある。それを初めて知ったような顔で怒る五木の真意を数馬はわかっていた。指導役が知っていたならば、すぐに詫びを出さなければならない。できるだけ小沢とかかわり合いたくなかった加賀は、知らぬ顔をするつもりであった。そういかなくなったため、今初めて知ったこととして、報告しなかった数馬を責め、家の問題としないようにしたのだ。

数馬は小沢へ謝罪した。

「今後はこのような無礼をさせませぬ。どうぞ、新参者のしたこととお笑いいただき、ご寛恕《かんじょ》願いまする」

五木も頭をさげた。

「いやいや、こちらこそ悪い妓を手配してしまった。どうであろう、お互いさまということで、水に流しましょうぞ」

小沢が手を振った。

「かたじけなし」

五木が同意した。

「ところで、ご用件をお願いしよう。事情はご承知のように、ちと多忙でございましてな」

「でございました。瀬能」

もう一度五木が促《うなが》した。

「お願いの儀とは、他でもございませぬ。先日お声をおかけくださった妾宅のことでございまする」

数馬が告げた。

「おおっ。拙者《せっしゃ》にお任せくださるか。よい女をお世話いたしましょう。瀬能どののお好みはどのような女でございますかな」

小沢が身を乗り出した。

「いや、それが、女はもう決まりまして……」

「……ほう。それではなにをお求めかの」

申しわけなさそうな数馬に向かって、小沢が尖《とが》った声をぶつけた。

「妾宅をご紹介いただきたく」

急いで数馬は述べた。

「妾宅を拙者に任せると……」

小沢が少し考えた。

「はい」

数馬は首肯した。

「その意味はおわかりでござろうな」

「はい」

問うた小沢に、数馬はうなずいた。

「承《うけたまわ》った」

小沢が引き受けた。

「では、よしなに」

五木の挨拶《あいさつ》で、二人は堀田家を辞した。

三

堀田家から戻った数馬はまた一人残された。

「儂は同格組の会合がある」

五木は屋敷に戻らず、途中で別れていった。

「やはりいたな」

留守居控えで端座《たんざ》していた数馬に声がかかった。

「直作《なおなり》さま」

藩主一門である前田直作の登場に、数馬はあわてて居ずまいをただした。

「暇そうだな」

前田直作が控えに入ってきた。金沢から江戸まで生死の危機をくぐりぬけた仲である。前田直作の態度は気さくであった。

「…………」

遊んでいると言われたにひとしい。数馬は鼻白んだ。

「すまぬ。すまぬ」

数馬の機嫌が悪くなったと気づいた前田直作が微笑《ほほえ》みながら謝った。

「いえ」

主家一門にそれ以上の謝罪を求めるわけにはいかなかった。数馬は小さく首を振った。

「どうなされたのでございまするか」

国元から江戸まで警固《けいご》してきて以来の再会である。数馬は用件を問うた。

「なに、そろそろ帰ろうかと思ってな」

前田直作が数馬の前に座った。

藩主綱紀を家綱の養子にとの話を、国元総反対のなか前田直作一人が賛成していた。そのため、前田直作は殿を売る者として何度も命を狙われた。このままでは国元で一門が殺されるという事態に発展してしまう。

家老が内紛で殺される。これはお家騒動になる。お家騒動は幕府にとって前田家を潰すかっこうの理由になる。

最悪の事態を避けるべく、綱紀は前田直作を国元から江戸へ呼び出した。その警固を任されたのが数馬であった。

「もうよろしいので」

殺されかかった国元へ帰るという前田直作の言葉に、数馬は懸念を表した。

「大丈夫だ。本多どのから、さっさと帰ってこいと催促が来た。国元の政は待ったなしだともな。いつまでも遊んでいるなということだ」

前田直作が苦笑した。

「本多さまから」

「おいおい、他人行儀過ぎよう。岳父《がくふ》だろう」

にやりと前田直作が口の端を吊《つ》り上げた。

「…………」

数馬は黙った。

「いや、すまぬな。江戸屋敷はつまらぬ連中ばかりでな。つい軽口を叩《たた》いてしまった」

前田直作が手で己の顔を撫《な》でた。

「一緒に旅をした仲ではないか。いや、命を預け合った間柄だ。少々羽目を外すくらいいよいであろうが。堅いの」

子供のように前田直作が膨《ふく》れた。

「はあ……」

数馬は脱力した。

「もうけっこうでございまする。で、本当に大事ございませぬのか」

もういいと数馬は、話を戻した。

「あの本多どのだぞ。穴などあるか」

「……たしかに」

嘆息する前田直作に、数馬は同意した。

「惣触《そうぶ》れまでかけて、馬鹿どもをあぶり出されたそうだ」

事情を前田直作が説明した。

「惣触れでございますか」

藩士を総登城させるのが惣触れであった。お城で惣触れの太鼓《たいこ》が鳴れば、病気でない限りは決められた刻限以内に登城しなければならない。間に合わない、もしくは登城しないのは重罪で、放逐《ほうちく》あるいは切腹を命じられた。

「そこまで」

「せねばならぬほど、国元は緩《ゆる》んでいたのだ」

前田直作が表情を引き締めた。

「それも考えておられた」

「ああ。なかなか膿《うみ》というのは見えてきても、腫《は》れは切れないものだ。よほどの理由がないと、家臣は放逐できぬ。藩主が好き嫌いで藩士を捨てては、家中は揺らぐ。家中が揺らげば、殿への忠義が薄れる」

数馬の問いに、前田直作が応じた。

「忠義が薄れる……」

一日に二度も忠義が話題になったことに数馬は、眉《まゆ》をひそめた。

「どうした。忠義になにかあるのか」

前田直作が気づいた。

「じつは……」

数馬は五木との話を語った。

「ふむ」

前田直作が腕を組んだ。

「そなた、忠義、忠義と武家がお題目を唱えるようになったのがいつか、わかっているか」

「いいえ」

訊かれて数馬は知らないと答えた。

「ここ数十年だぞ。昨今の忠義という教義は、武士のなかから謀叛の芽を消そうとした幕府の押しつけだ」

はっきりと前田直作が述べた。

「それは……」

数馬は絶句した。

「武家は生まれたときから、主君への忠義を教えこまれる。子守歌代わりに、忠節を聞かされて育つのだ。忠義という観念が、骨身に染みて当然だな。といっても、これは最近の風潮だ。本多家を見てもわかるように、戦国のときは、少しでもよい主君を求めて、家を渡り歩くのが当たり前だったのだ」

「…………」

事実である。主家を七度替えて、ようやく一人前だと、戦国武将藤堂高虎《とうどうたかとら》が嘯《うそぶ》いた話は有名であった。黙って数馬は聞いた。

「大名も優秀な家臣なら、主家を見限った者でも喜んで迎えた。戦国だ。生き残りの戦いをやっているのだ。有力な武将はどこども欲しい。敵からでも引き抜きたい。となれば、忠義など邪魔なだけだろう」

「忠義が邪魔……」

武家の根底を崩すような話に、数馬は息を呑《の》んだ。

「今のことではないぞ。まちがえるなよ。今は忠義が必須だ。なぜだかわかるか」

「……わかりませぬ」

あらためて忠義の要不要を考えた数馬だったが、答は出なかった。

「わからぬか。無理もないな。そなたは仕える側であり、使う側ではないからな」

前田直作が納得した。

「忠義はなにも考えずに、主君に尽くせと、そう教えている」

「はい」

数馬も同意した。

「もし、主君がまちがっていても家臣は従わねばならぬ。これが健全か」

「……諫言《かんげん》すればよろしゅうございましょう」

尋ねられて数馬が答えた。諫言とは家臣が主君の行為に掣肘《せいちゅう》をかけるものである。主君の考え違いをただし、政道をゆがめないための意見とされている。

「諫言を聞くかどうかは、主君の心次第であろうが」

「…………」

前田直作に突っこまれて、数馬は黙った。

「綱紀公が、おぬしにゆえもなく切腹を命じたとする。忠義でいけば、おぬしは諾々《だくだく》と従わねばならぬ。罪を得ての死ならば、まだ納得がいくかも知れぬ。まあ、それでも無理だろうがな。人は死にたくない。生きていてこそ、飯も喰《く》える、女も抱ける、酒も飲める。なにより働ける。それを理不尽に奪われる。どうせ死を命じられるなら と決死の諫言をしても、耳を貸してくれなければ終わりだ。黙って腹を切るしかなか ろう。これを幕府は求めている」

「謀叛を防ぐためだと」

「ようやくわかったか」

鈍《にぶ》い数馬に、前田直作が嘆息した。

「天下泰平となった今、政をなす側にとって謀叛ほど面倒なものはない。天草《あまくさ》の乱を 思い出せ。たかが農民の一揆《いっき》だったのが、いつのまにか戦《いくさ》になった。鎮圧までにどれ だけのときと手間がかかったか。どれほどの費用と人命が無駄《むだ》になったか」

前田直作が述べた。

天草と島原《しまばら》を支配していた寺沢《てらざわ》、松倉《まつくら》の圧政が百姓一揆を生みだした。それに弾圧 されていたキリシタンが合流、そのうえ、主家を潰されて生活の糧《かて》を失った浪人たち が便乗した。四万とも言われる一揆勢は、寺沢、松倉の軍勢を一蹴《いっしゅう》、一国一城令で廃 城となっていた原城《はらじょう》へ籠《こ》もった。当初、肥前《ひぜん》だけのことと軽視していた幕府は初動を まちがえ、総大将の板倉重昌《いたくらしげまさ》を失うという失態を晒《さら》した。

「結局、一揆は鎮圧されたが、幕府軍は六千人を死なせ、その権威に大きな傷を付けた」

「わかりまする」

素直に数馬は首肯した。

「もし、主君への忠義が浸透していれば、天草の乱はなかった。武士だけでない、百姓にも忠義があれば、一揆など起こるまい。どれほど年貢《ねんぐ》を取られようとも、耐えられるのだからな」

「さすがに無理がございましょう。百姓も生きていけないほど年貢を取られては耐えられますまい」

数馬が異を唱えた。

「それは認めよう。だが、武家が反しなければ、一揆の戦力はがた落ちするぞ」

「なるほど」

前田直作の論を、数馬は受け入れた。

「忠義は上にとってつごうがいい。それを揺るがせてはならぬ。殿への不信は藩内にあってはならぬ」

「そのために、本多さまも前田さまも、憎まれ役をなさった」

「それほどきれいなものではないがな。儂には儂の理由も損得もある。本多どのにもな。もっとも本多どのは大幅に儲《もう》けられたがな」

「本多どのが儲けた……」

数馬は首をかしげた。

「言えぬぞ。聞きたければ、お主が直接問え」

笑いながら前田直作が立《た》ちあがった。

「明後日《あさって》には江戸を発つ。もし琴どのに伝言があれば、明日中にな」

「かたじけのうございまする」

気遣いに数馬は礼を述べた。

「遠慮はするなよ。儂にも、本多どのにも、なによりも琴どのにな」

前田直作が数馬へ助言した。

「とくに琴どのにな。琴どのは、なにをせねばならぬか、なにを我慢しなければならないかを、よくわかっている。物心ついたときから、本多の娘として育てられてきたのだからな」

「本多の娘……」

数馬が繰り返した。

「わかるときがくる。今は、甘えておけ。歳上の女の良いところは、懐《ふところ》の深さだ。

そして、歳下の女の値打ちは、若さよ」

表情を緩めて、前田直作が数馬の肩を叩《たた》いた。

# 四

来客も日が暮れると減る。すでに並んでいる者はしかたないが、暗くなってからの訪問は失礼に当たるからだ。

「少し出て参る」

ようやく最後の来客との面談を終えた小沢は、屋敷を出た。

「上様のご葬儀は終わったとはいえ、まだ静かだな」

江戸の町は暗かった。もともと日がある間に仕事をすませるのが、江戸の住人の生活である。日の出とともに起き、日が暮れる前に家に帰る。商売人も同じだ。客がいないときに店を開けても、油代がかさむだけなのだ。

「忌中《きちゅう》でなければ、もう少し明るいのだがな」

小沢は足早《あしばや》に進んだ。

「灯《あか》りが漏《も》れているな……」

一軒の屋敷へと近づいた小沢は、かすかに聞こえる話し声などからその奥で賭場《とば》が開かれていると気づいた。

「やれ、こんなときでなければ、加わるものを」

身分のことを考えれば、遊ぶことはできなかった。悔《くや》しげに小沢がふたたび歩き出した。

「おい」

表通りを一本入った辻《つじ》の奥にある小さな家の門を小沢が叩いた。

「ただいま」

なかから若い女の声が応じた。

「お帰りなさいませ」

門を開けた女が、小沢を迎え入れた。

「くたびれた。今日も来客が山ほど来た」

「それはお疲れでございましょう。酒の用意をいたしまする」

小沢の後ろに回った女が、羽織《はおり》を脱がせた。女は小沢の妾まさであった。

「食いものはあるか。夕餉《ゆうげ》もまだだ」

奥の部屋に座った小沢が言った。

「このようなときでございますので、生臭《なまぐさ》ものはございませんが……」

魚や鳥はないとまさが申しわけなさそうにした。

「腹が膨《ふく》れればいい」

「ただちに」

小沢の了承を得たまさが、台所へと下がった。

「用意ができたら、使いに出てくれ。猪野《いの》に来るようにとな」

煙管《きせる》を取り出した小沢が、まさに命じた。

「はい」

まさがうなずいた。

どこの妾宅にも、買いものや炊事《すいじ》洗濯《せんたく》をする女中が一人いる。といっても世間のように、住み込みの女中は余りいなかった。なにせ、夜になればすることは一つなのだ。さして広くもない家で、男女の睦言《むつごと》を聞かせるのは酷《こく》と通いの女中であることが多かった。

「妾宅の斡旋《あっせん》か……」

まさが出ていったあと、一人で酒を飲みながら小沢が呟いた。

「瀬能は世間を知らぬ。住み込みの女中もいるとごまかして、手の者を一人いれるか。いや、五木が後ろにいるから無理だな」

小沢が思案していた。

「住み込みでなくとも、こちらの息のかかった女中を用意するべきだな。妾宅の近くに住まいをあてがい、夜も見張らせれば……誰が来たかはすぐに知れる」

密談するのももちろんだが、妾宅の主目的は訪れた者の身元を知られないようにすることである。

「まだ加賀を潰してはならぬ」

盃《さかずき》を干しながら、小沢の目が鋭くなった。

「儂の値打ちは、加賀の弱みとなっているからだ。加賀が潰れる。あるいは脅威《きょうい》でなくなるほど小さくなってしまえば、儂は不要になる」

小沢は己の立場をよくわかっていた。加賀藩で留守居役をしていたときに犯した罪がばれるのを怖れ、逃げ出した。それを堀田備中守が拾ってくれた。

罪を犯した者を新規召し抱えにするなど、正気の沙汰《さた》ではない。どこから苦情が出るかも知れないし、執政衆が罪人を重用しているなどと評判になれば、出世の足かせになりかねない。

それもわかっていないようでは、老中など務まるはずもなかった。

堀田備中守が小沢を抱えこんだだけでなく、藩の交渉役である留守居役にしたのには裏があった。

「だが……」

空になった盃に、片口の酒を注ぎながら、小沢が悩んだ。

「加賀を潰すためだけなのだろうか。備中守さまの推《お》された館林綱吉さまが、五代将軍になられるのだ。天下の権は備中守さまのものになった。今さら加賀など敵ではなく、また味方させるだけの意味は薄い。なに、備中守さまは、あらたな下馬将軍となられる」

かつて下馬将軍と言われ、御三家さえ遠慮したという大老酒井雅楽頭の持っていた権力はすさまじいものであった。酒井雅楽頭の一言で外様大名どころか、譜代大名までが潰れた。三代将軍家光《いえみつ》の寵臣松平伊豆守信綱《いずのかみのぶつな》や、二代将軍秀忠の信頼厚かった大《たい》政参与《せいさんよ》土井大炊頭利勝《おおいのかみとしかつ》らでさえ、そこまでの強権は持っていなかった。

「それなのに、備中守さまは、儂をそのままにしてくださっている。真意はどこにあるのか」

小沢が独《ひと》りごちた。

政は、民のためにあるのではない。老中の役目は、個々の幸福をなすことではなく、幕府を維持発展させることである。そのためには、年貢をあげ、何万という庶民に辛《つら》い思いをさせることも、大名を潰し数百、数千の侍の禄を失わせることも、平然としてのける。

当然、家臣一人の首を切るなど、気にも留めない。

「加賀だけを見ていては、足下が崩れかねぬ」

小沢の表情が変わった。

「ただいま、戻りました」

まさが帰ってきた。

「猪野は来るのだろうな」

「送ってくださいました」

同行してきたとまさが告げた。

「通せ」

「はい」

まさがうなずいた。

「お呼びにより、参上した」

すぐに猪野が顔を出した。

「少し痩《や》せたようだな。失敗がこたえたか」

顔を見た小沢が、眉《まゆ》をひそめた。

「…………」

先日、吉原《よしわら》帰りの数馬を三人がかりで襲いながら討ち果たせなかったことをやゆされた猪野が苦く頬《ほお》をゆがめた。

「用件をお願いしたい」

猪野が急かした。

「ああ。瀬能をしばらく狙うな」

「なぜだ」

小沢の指示に猪野の声が低くなった。

「儂の言うことに文句をつけるのか。誰のお陰で生きていると思っている」

「くっ」

猪野が唇《くちびる》を噛《か》んだ。

加賀藩士だった猪野は、藩主綱紀の家綱世子抜擢《ばってき》騒動のおり、反対派の中心前田孝《たか》貞《さだ》の走狗《そうく》となり、前田直作を襲った。が、数馬たちの奮戦で防がれた。成功すれば、大きく出世できたが、失敗してしまったため、藩に戻るわけにはいかなくなった。浪人となった猪野たちは、同じく加賀藩から追い出された小沢を頼り、面倒を見てもらっていた。

「瀬能に利用するだけの価値が出た」

強く押さえつけるだけではよくないと小沢が説明した。

「あやつに価値が……」

猪野が吐き捨てるように言った。

「……では、我々はどうしていればいい」

「江戸でも見物しておれ。国元から出てきて、どこも見ていないだろう。せっかくの江戸だ。土産話《みやげ》の一つくらい作っておけ」

なにをすればいいのかと問うた猪野に、小沢が嘲笑《ちょうしょう》した。

「誰に土産話をしろと」

もはや国元に帰れないのだ。江戸での土産話をする相手もいなかった。

「そこまで知るか。もうよい。ご苦労だったな」

小沢が犬を追い払うように手を振った。

「…………」

無言で猪野が出ていった。

「酒がまずくなったな。おい」

猪野を見送りに立ったまさを小沢が呼んだ。

「はい」

戸締まりをしたまさが、着物を脱ぎ、襦袢《じゅばん》一枚になって小沢の隣に座った。


小沢の妾宅を出た猪野は、借りている長屋へと帰った。

「いかがでござった」

猪野と同じ加賀藩士だった高山《たかやま》が用件を問うた。

「……板野《いたの》、酒はあるか」

四畳半の真ん中に、猪野が腰を下ろした。

「しばしお待ちを」

板野が台所の土間に降りた。板野は二人と違い、前田孝貞の家臣だった。身分からいえば、二人よりも一段低くなることもあり、雑用は板野の仕事であった。

「これだけしかございませぬ」

申しわけなさそうに、板野が湯飲みに半分足らずの酒を出した。

「しかたない。将軍の忌中だ。酒屋も開いておらぬ」

受け取った湯飲みを猪野は一気に干した。

「……ふううう」

猪野が湯飲みを空にした。

「瀬能への手出しを禁じられた」

「馬鹿な」

「それは……」

高山も板野も驚愕《きょうがく》した。

「なぜでございまするか」

強い口調で板野が迫った。前田孝貞の家臣だった板野は、藩にとって重要ではない。いや、藩からすれば、いてもいなくてもどうでもいいのだ。つまり、前田孝貞の機嫌さえ戻れば、いつでも前の身分に復することができる。その機嫌を取り結ぶ方法が、前田孝貞の策を打ち砕いた数馬の首であった。

「落ち着け」

猪野が板野を制した。

「……ご無礼を」

板野が詫びて、引いた。

「瀬能に利用する価値が出たのだそうだ」

吐き捨てるように猪野が告げた。

「利用する価値……」

高山が首をかしげた。

「ああ。どうやら上様の死が、状況を変えたようだ。老中の留守居役にとって、瀬能を利用する意味が出たのだろう」

猪野が憎々《にくにく》しげに言った。

「我らに髀肉《ひにく》の嘆《たん》を託《かこ》えと」

板野が嘆いた。

「…………」

「くそっ」

無言で猪野が空になった茶碗を床に叩き付け、高山が吐き捨てた。

「猪野、おるか」

そのとき長屋の戸《と》障子《しょうじ》が小さく叩かれた。

「誰だ」

「儂じゃ」

猪野の誰何《すいか》に戸障子が開いて、加賀藩元江戸家老坂田《さかた》主膳《しゅぜん》が顔を見せた。

「坂田どの」

「すまぬな。このようなみすぼらしいところに住まわせて」

なかに入った坂田が詫びた。

「おぬしたちのような忠臣を冷遇せねばならぬ加賀藩は情けない。なにより儂の力のなさが恨《うら》めしい」

坂田が肩の力を落とした。

国元の前田孝貞と手を組み、綱紀の五代将軍推挙を潰し、同時に一門の前田直作を排除、藩の実権を握ろうとして、坂田は失敗した。

前田直作に討手《うって》を出したことを綱紀から咎められた坂田は、江戸家老の職を解かれ、さらに家禄を半減のうえ、家格を人持《ひとも》ち組《ぐみ》から平士《へいし》に落とされていた。

「いえ、坂田さまにはよくしていただいておりまする」

猪野が否定した。

家老職ではなくなったとはいえ、坂田が藩の実力者であることに変わりはない。多少力を削《そ》がれたが、藩政への影響力はある。猪野たちが加賀藩へ帰参するときの大きな後押しになるだけに、猪野たちはていねいな対応をした。

「そう言ってくれると助かる。ところでどうかしたのか、荒れているようだが」

坂田が床で割れている茶碗を見た。

「じつは……」

猪野が語った。

「……小沢どのの言葉は、備中守さまのお考えだ。備中守さまの後押しが我らには要《い》る。我慢してくれ」

「わかっておりまする」

宥《なだ》める坂田に、猪野が渋々《しぶしぶ》首肯した。

「瀬能を襲わぬとなれば、貴君らに寸暇はあると考えていいか」

「はい。他にすることもございませぬ」

訊いた坂田に、猪野がうなずいた。

「明後日《あさって》、前田直作が国に帰る」

「あやつが」

猪野が腰を浮かせた。

もともと猪野たちは、前田直作を江戸への道中の間に殺すようにと命じられていた。それを邪魔したのが数馬であった。

「朝のうちに屋敷を出る。板橋《いたばし》あたりで昼餉《ひるげ》となろう」

坂田が教えた。

「やるぞ」

「おう。このまま帰してなるものか」

「ご一緒《いっしょ》させていただきまする」

猪野の決意に、板野、高山が同意した。

「さすがは忠義の士。藩を危うくした奸臣《かんしん》を仕留められるのは、おぬしたちだけだ。頼むぞ」

三人を讃《たた》えた坂田が、懐から小判を三枚出した。

「少ないが、鋭気を養ってくれ」

「かたじけない」

遠慮なく、猪野が受け取った。

「これまでのかかわりから……瀬能が見送りに立つだろう」

坂田が告げた。

「ちょうどよい。小沢どのから手を出すなと言われているが、向こうからかかってきたならば、応戦せねばならぬ」

猪野が坂田の意図を汲《く》み、小さく笑った。

「そうだ。そこで斬ってしまっても、やむを得ぬことで、我らの責ではない」

「さようでございまする。やりましょう」

板野と高山も気勢をあげた。

「頼もしいかぎりよな。前田直作が死に、儂の復権がなったならば、おぬしたちをきっと迎えてみせる。約束するぞ」

坂田が保証した。

「お願いいたしまする」

猪野が頭を下げた。

「では、任せた」

話を終えた坂田が、長屋を出た。

「このままでは、平士として生涯を終えねばならぬ。なんとしてでも人持ち組に戻らねばならぬ。そのためには、殿大事の前田直作は邪魔なのだ。瀬能もな。要らぬことを吹きこむ連中がいなくなれば、若い殿を丸めこむなど容易《たやす》い。うまくやれよ、猪野。このためにおぬしたちを救い、小沢に預けたのだ」

坂田が暗い目つきで呟いた。

# 第三章　走狗《そうく》の夢

## 一

旅立ちは見送られるものである。日常と違い、朝から日暮れまで歩きづめになるだけでなく、山谷や川など危ないところを通る。さらに乱世に比べて少なくなったとはいえ、山賊や枕探しなども出る。疲れで病になったり、怪我《けが》をすることもある。

旅は危険で満ちていた。

無事に再会できるとは限らないのだ。今生《こんじょう》の別れを兼ねることにもなりかねない。

旅立ちは決してめでたいものではなかった。

「ではの」

前田直作《なおなり》が家臣たちを引き連れて、加賀藩《かがはん》江戸上屋敷を出た。

「お気を付けて」

「道中、お大事に」

上屋敷の用人、組頭《くみがしら》たちが門で別れの挨拶《あいさつ》をした。

「貴殿らも健勝でな。殿のことを頼むぞ」

手を上げて前田直作が背を向けた。

藩主綱紀《つなのり》のお声掛かりで、上屋敷の大門が開けられていた。前田直作は大門を潜《くぐ》ったところで一度振り返り、深く腰を折った。綱紀の厚意に感謝したのである。

「参ろう」

ゆっくり二呼吸するほどの間、礼をしていた前田直作が顔をあげた。

「はっ」

前田直作の前後を挟むように二人ずつ士分がついた。荷物持ちの中間《ちゆうげん》と小者が、その後ろに続く。

「わざわざすまぬな。忙しいであろうに」

隣に並んでいる数馬に、前田直作が謝意を表した。

「いえ。板橋までででございまする。それにさしたる仕事もございませぬし」

数馬が自嘲《じちよう》した。

「留守居役《るすいやく》はなかなか難しい役目だからの。焦《あせ》らずともよかろう。藩も新任の留守居役に活躍を期待してはおらぬ。三年先、五年先に役立てばいい。今はそのための修業だと思え」

「はあ……」

慰《なぐさ》められても数馬ははっきりしなかった。

「腐るな。誰でも最初はなにもできぬ。余《よ》もそうだぞ。家を継いだとたんに、加賀藩政をしなければならなくなった。それだけではない、同時に一万二千石の当主としての政《まつりごと》もせねばならぬ。戸惑うどころではなかった」

家を継いだころを思い出したのか、前田直作が懐かしそうな顔をした。

「どうなされたのでございましょう」

解決の方法を数馬は教えてくれと願った。

「なにもしなかった」

「えっ……」

思ってもみなかった返答に、数馬は驚愕《きょうがく》した。

「いや、なにもさせてもらえなかった。藩政は本多どのが、我が家のことは父の代から仕えていてくれた老臣が、見事にこなして、余に手出しをさせなかった」

前田直作が苦笑した。

「…………」

数馬は唖然《あぜん》としていた。

「なにもしないのはいいぞ」

歩きながら前田直作が明るく笑った。

「無為徒食《むいとしょく》は、辛《つら》くはございませぬか」

「辛いぞ。役立たずと暗に言われているのと同じだからな」

問うた数馬に前田直作が表情を引き締めた。

「やはり……では、動こうとは思われなかったので」

「思った。若かったしな。己《おのれ》にできないことなどないと思いあがってもいたからな」

前田直作が述べた。

「本多どのに直談判《じかだんぱん》して、一つの案件を任せてもらった」

思い出すように前田直作が目を閉じた。

「冷害が出た。領内の米のできが従来の八割方になった。とくに山間ではひどかった。さすがに例年通りの年貢を集めるわけにはいかず、成り高検地をおこなって減免の割合を決めることになった。その成り高検地の責任者をさせてもらった」

成り高検地とはその名の通り、田の稔《みの》りを確認し、この土地からどのていどの米が収穫できるか、さらに収穫した米の善《よ》し悪《あ》しを調べる役目である。これによって、年貢の嵩《たか》が決まった。

「どうなりましたのでございましょう」

数馬が身を乗り出した。

「失敗した。これ以上ないというくらいにな。儂《わし》は百姓と手を組んだ代官の手代にだまされ、実際よりも取れ高が低いと思いこまされた。さらに昨年の米を今年のだと見せられ、その出来を良だとしてしまった。良米は質の悪い米よりも納める量は少なくてすむ。取れ高と質の二つをごまかされた儂は、その地の年貢を四割減免としてしまったのだ。実際は一割減免ていどの被害だったのに」

前田直作が口の端をゆがめた。

「…………」

悪いことを訊《き》いたと数馬は黙った。

「だがの、その失敗を、本多どのが補ってくれた」

「本多さまが」

「義父上《ちちうえ》と呼んでやれと申したであろうが」

前田直作があきれた。

「まあいい。本多どのの前では気を使えよ。本多どのの周囲には隔たりを持つ者ばかりだ。せめて身内だけでも垣根を取り払ってやれ」

釘《くぎ》を刺しなおして、前田直作が話をもとに戻した。

「さて、さきほどの余の失敗だが、後始末をしながら本多どのが言ってくださったのよ。誰もが通る道だと」

「通る道……」

「そうだ。先達《せんだつ》の目から見れば、後進はそういうものだそうだ。役目に就《つ》いたときは、成果を出そうと精一杯《せいいっぱい》背伸びをする。無理やり膝《ひざ》と手を伸ばして、棚の上のものを取ろうとしているのと同じ。足下がお留守になって転ぶか、手探りで取ろうとしたものを落として壊すか、帰結は見えている。かならず一度は失敗するなら、甚大《じんだい》な被害が出る前に、軽く経験させてやるのがよい。わかっていたから、いくらでも尻ぬぐいはできる。こう本多どのが説明してくださった。そのときに、余は悟ったのだ。しっかり余は見守られていたのだとな」

柔らかい微笑《ほほえ》みを前田直作が浮かべた。

「それでわかった。新任のすべきは、まず先達の仕事振りを見て学ぶことだとな。それからはなにかすることはないかと探すのではなく、一日本多どのの隣に座して、なにをどのようになさっているのかを一年見続けた。そうしたら、ある日、本多どのから藩政の根幹にかかわる重要な案件をいきなり任された」

「いかがでございました」

数馬は興味をもって問うた。

「焦《あせ》ることもなく、余の手立てはうまくいった。成功して、ほっとしたときに気づいた。本多どのの仕事を見ていたのが、大いに役立ったと。新任はなにかをなさずともよい、先達のしていることをじっと見ていればいいのだと気づいた」

前田直作が語った。

「見ているだけで……」

「そうだ。それが今、瀬能のすべきことよ。そしていつかは、後輩となる者に背中を見せてやれ。背中で教えられるようになったとき、そなたは一人前の留守居役だ。それまでは、甘えておけばいい」

「……心いたしまする」

数馬は頭をさげた。

「それにな、こうやって先達ぶって若い者に教訓を垂れるのは、気持ちのいいものだぞ。歳を取って、よかったと思える瞬間だな」

楽しそうに前田直作が付け加えた。

「はあ」

数馬はどう反応していいかわからなかった。

「それよりも……」

前田直作の声が固くなった。

「そなたが板橋まで見送る。なにかあると思っているのだな」

「…………」

「話してくれよ。心構えができているか、どうかは大きい。それはそなたがもっともよく知っているだろう。わかっていたからこそ手を打て、碓氷峠《うすいとうげ》での待ち伏せを排除できた」

江戸へ出る途上の最難関碓氷峠で、前田直作を狙《ねら》う加賀藩御為派《おためは》が鉄炮《てつぽう》を用意して待ち伏せしていた。その待ち伏せを前もって知ることができた数馬は、前田直作の身代わりとなる人形を用意することで、鉄炮を無意味なものとさせ、襲撃を失敗させた。

「国元からの刺客が、まだ何人か江戸に残っておりまする」

数馬は己が襲われた話をした。

「ううむう」

その話を報《しら》されていなかったのか、前田直作が唸《うな》った。

「そなたと余は、御為派などと傲慢《ごうまん》な名乗りをしている連中にとって、もっとも憎らしい敵であるからな」

前田直作が嘆息した。

「………………」

無言で数馬も同意を示した。

「聞いたな」

家士たちに前田直作が確認した。

「はっ」

「気を引き締めまする」

前後の家士たちが応じた。

「柄袋《つかぶくろ》を外せ。草鞋《わらじ》の紐《ひも》を締めよ」

前田直作が指示した。

柄袋は雨や汗などが刀の柄から染みこみ太刀《たち》や脇差《わきざし》が錆《さ》びるのを防ぐためのもの

だ。鍔《つば》から柄頭までを覆《おお》うようになっており、柄袋を着けたままでは刀は抜けなかった。

「はい」

家士たちがうなずいた。

「待て、たすき掛けはするな。相手に警戒していると教えることになる」

刀の下《さ》げ緒《お》を解《ほど》き、たすきを掛けようとしている家士を前田直作が止めた。柄袋がないのは目立たないが、たすき掛けは、遠くからでも目立つ。

「……よし、行くぞ」

ふたたび前田直作が出発を命じた。

「瀬能。どこで来ると思う」

「板橋に入ってからではないかと」

数馬は答えた。

「町奉行所の支配を外れるのを待つか」

すぐに前田直作が理解した。

「藩から追放された猪野たちは、士分ではなく浪人。浪人は庶民扱い。町奉行所に捕らえられますゆえ」

品川《しながわ》、千住《せんじゅ》、板橋の江戸に近接した宿場は、町奉行所の管轄《かんかつ》ではなく、代官支配である。代官所には、町奉行所のような捕吏《ほり》はなく、せいぜい算勘《さんかん》に長《た》けた手代《てだい》が数人いるだけである。剣術の心得のある浪人者を押さえることなどできなかった。

「わかった」

前田直作が首肯《しゅこう》した。

本郷《ほんごう》の加賀藩上屋敷を早朝に出た一行は、昼前に板橋手前まで来た。

かつての板橋は、街道沿いにある寒村でしかなかった。それが天下の城下町である江戸の拡張に呑《の》みこまれ、今では中山道《なかせんどう》でも有数の宿場町へと発展していた。

とはいっても、江戸まで半日もかからないのだ。ここまで下ってきた旅人は、板橋を素通りして江戸へ入るし、江戸から中山道を上る旅人にしてみれば、一日の行程としては短すぎ、やはり通過してしまう。そんな板橋がこれほど肥大したのは、ここが町奉行所の手出しできない代官支配地だったからであった。

天下の城下町には、仕事がある。地方であぶれた者や、百姓の次男三男が一旗揚《あ》げようとして集まる。また、浪人者もそうだ。すべての大名が集結する江戸にいれば、仕官の口があるのではないかと期待してやってくる。これらすべてが男であった。

男がいれば、女が要《い》る。しかし、江戸に女は少なく、男の半分もいない。当然、欲望を発散させられない男が出てくる。そんな連中のために、遊郭はあった。

江戸にはただ一つしか遊郭は認められていなかった。吉原である。神君徳川家康から直接江戸の遊女の取りまとめを許されたとする庄司甚内《しょうじじんない》がとりまとめる吉原以外の遊郭はすべて御法度であった。もちろん、御上《おかみ》の目を潜った岡場所などの遊郭が江戸のあちこちにあったが、これはいつ手入れを受けるかわからず、さほど大きなものではない。

となれば、遊女の不足も起こる。そこで町奉行所の支配を受けない品川や板橋などに遊郭ができた。

もちろん宿場町である。遊郭という形では、代官所の手前まずい。そこで、旅籠屋《はたごや》の飯盛女《めしもりおんな》という体《てい》をとり、女に客を取らせた。これが大いに当たり、板橋や品川はどこも江戸から遊びに来る男たちで賑《にぎ》わっていた。

「昼間からこれほどの遊び人が来るのかの」

前田直作が驚いた。江戸に入るときは、命を狙われていたため、辺りの風景に気を配る余裕などなかった。

「……まずい」

対して数馬は眉《まゆ》をひそめた。

「人が多すぎて、気配が感じられぬ」

数馬は周囲に目を飛ばした。

「これだけ人がおれば、襲ってなど来るまい」

刺客というのは卑怯《ひきょう》なものである。他人に見とがめられてはまずい。できるだけ目立たず、跡を残さないのが刺客の条件であった。

「そういった勘定のできる連中ならばよいのでございまするが……」

「周りが見えていない……か」

その意味を理解した前田直作が息を呑んだ。

「おそらく……」

小さく数馬は首を振った。

「たしかに禄《ろく》と身分を失った侍は、死んだも同然だな。死人には失うものも、気にする外聞もないか」

前田直作が緊張した。

「皆、少し間合いを詰めておけ」

家士たちを前田直作が集めた。

「おまえたちは、先に行け。次の宿場町で待っていろ」

巻きこまれて怪我などしないよう、前田直作が中間と小者を先行させた。

「どこで来るかな」

「宿場の外れでございましょう。少しでも人通りは少ないでしょうから」

数馬が推測した。

「そうだな」

前田直作も同意した。

板橋の宿場町は中山道《なかせんどう》への入り口として、徳川家康によって整備された。町並みはおよそ十町（約一・一キロメートル）ほどで、宿場をこえると田畑が拡がる。

「こちらはおぬしを入れて六人、猪野たちは三人。数でいけば勝てるな」

「予測はなさいませぬよう」

少しでも安心な要素を探し出そうとしている前田直作に、数馬は厳しいことを言った。

「ご覧くださいませ、周囲を」

「周りを見ろと……」

促された前田直作が首を回した。

「お気づきになられませぬか。店を覗《のぞ》きこむでもなく、どこかへ向かって歩いているわけでもない連中がおりましょう」

数馬が小声で説明した。

「……たしかにおるな。浪人者だけではない、人足のような者もおる」

前田直作も気づいた。

「まだ昼前でございまする。この刻限に働いていない。これは本日の仕事にあぶれたか、端《はな》から働く気のない証拠」

「だろうな」

「少し金を与えてやれば、簡単に無頼と化しましょう」

いつ敵に回るかわからない連中だと、数馬は警戒した。

「それはわかるが、そんな金を藩から切り離された連中が持っているとは思えぬが」

警戒をしながらも、前田直作が疑問を呈《てい》した。

「未《いま》だに江戸におることから考えて、誰かがあやつらを保護しているとしか考えられませぬ」

「国元ではないだろう。前田孝貞《たかさだ》にそれだけの余裕はないはずだ。それに本多どのが目を光らせておられる。そうそう江戸まで手はさしのべられまい」

前田直作が悩んだ。

「横山玄位《はるたか》……若いあやつにそれほどの肚《はら》はない。かといって他の江戸家老ていどでは、とても賄《まかな》いきれまいが……」

「小沢ではないかと考えております」

「あの小沢か……ううむう。あり得るか。金主が小沢ではなく、堀田備中守《びっちゅうのかみ》だとすれば、辻褄《つじつま》も合う」

数馬の言葉に、前田直作がうなずいた。

「老中の留守居役ならば、金に困ることはない。となれば……」

「いつどこから刺客がきても……」

前田直作に、数馬はいつ襲われてもおかしくないと告げた。

「問屋場を過ぎましてございまする」

先頭を歩いていた家士が述べた。

「いよいよでございましょう」

数馬が緊張した。

問屋場は、馬や駕籠《かご》の手配をするだけに、そのまとめ役は宿場での顔役となることが多かった。

「問屋場が敵でなければよいが」

前田直作が問屋場の戸障子《としょうじ》を睨《にら》みつけながら進んだ。問屋場と戦うというのは、宿場全体を敵に回すにひとしい。

「大丈夫そうでございますが」

問屋場の開かれている戸障子のなかを覗きこんだ家士が述べた。

「ならばよい。急ぐぞ」

前田直作が足を速めた。

## 二

あと少しで宿場を抜けるというところで、前田直作は歩みを止めた。

「出てきたようだな」

「でございまするな」

前田直作と数馬が顔を見合わせた。

宿場を貫く中山道を塞《ふさ》ぐように三人の無頼が立っていた。

「往来の邪魔だ」

先頭を進んでいた家士が、手を振って去るようにと言った。

「ここは天下の中山道、おまえさんたちだけのものじゃねえ。偉そうに命令するな。おめえに酒の一杯を奢《おご》ってもらったことさえねえぞ」

無頼が言い返した。

「……無礼な」

先頭の家士が顔色を変えた。

「落ち着け。相手の挑発にのるな」

前田直作が家士を諫《いさ》めた。

「しかし……」

「下がれ」

言うことを聞かない家士に、前田直作が重ねて指示した。

「……はっ」

主君の命令である。家士が退いた。

「後ろも出ました」

背後を気にしていた数馬は、やはり三人の無頼が後を追うようにして近づいてくるのを見つけた。

「挟まれたか。合わせて六人、こちらと同数。これならばどうにかなるな」

前田直作がほっとした。

「ご油断めさるな。猪野たちの姿が見えませぬ」

数馬は注意を促した。

「なるほど。どこかで好機を窺《うかが》っていると考えるべきだな」

警戒しながら、前田直作が太刀の柄に手をかけた。

「おや、お侍さま。柄に手を置かれたようでござんすが、抜かれるおつもりで」

前の中央にいる無頼がわざとらしく指さした。

「雇われているのだろう。黙って通すつもりもなさそうだしな。旅立ちの日に無駄《むだ》なときを過ごしたくはない。余は、力ずくも辞さぬ」

前田直作が宣告した。

「余……」

無頼が顔をしかめた。

「まずいぞ。巳吉《みのきち》。かなり身分のある侍だぞ」

左手に立っていた若い無頼が顔をしかめた。

「黙ってろい。ここは江戸じゃねえ。お膝元《ひざもと》なら武家の威光も輝くだろうが、あいにくここは板橋の宿のはずれよ。余が麿《まろ》であろうとも、死んでしまえば一緒だ」

巳吉と呼ばれた無頼がうそぶいた。

「なあに、本当にやばい相手なら、さっさと街道を走って逃げてしまえばいい。中山道のことなら、脇道まで知り尽くしているんだ。誰もおいらたちを捕まえられはしねえ」

「たしかに」

若い無頼があっさりと納得した。

「いいのか。一応、こちらは武士だぞ。刀も使える。命がけになると思うがな。今すぐに道を空け、消えるというならば見逃してやる」

前田直作が説得した。

「あいにく、そんな庖丁《ほうちょう》を少し長くしたようなものに、驚くお兄《あに》さんじゃねえんだよ。侍も何人殺したかねえ。みんなたいしたことはなかったぜ。やっちまえ」

鼻先で笑った巳吉が手を振りあげた。

「おううううう」

後ろにいた三人が長脇差《ながわきざし》を抜き放ち、突っこんできた。

「おまえも下がり、あやつらの相手をせい」

前にいた家士に、前田直作が後ろの援護に回れと言った。

「しかし、殿を……」

「安心せい。余には瀬能がついている」

危惧《きぐ》する家士に、前田直作が述べた。

「大事ないな」

前田直作が確認した。

「このていどならば。念のため、太刀をお持ちくださいますよう」

うなずいた数馬は、身を守るためにと前田直作へ抜刀を勧めた。

「わかった」

前田直作が、言われたとおりに太刀を抜いた。

刀は主として攻撃の道具である。そのために切っ先が鋭く、触れただけで致命傷を与えられるように研《と》ぎ澄まされている。

と同時に、守りの盾《たて》にもなった。鍛鉄《たんてつ》で作られた太刀は重く、多少の衝撃ならば耐えられる。前田直作は、間近に近づいた敵の一撃を受け止めるだけでいい。その隙《すき》に数馬が駆けつける。最初の一撃さえ耐えてくれれば、二撃目を出させることなどないと数馬は自負していた。

「一人で、三人の相手ができるとでも……」

わざとらしく長脇差をゆすって見せた若い無頼の言葉が途切《とぎ》れた。

「猿吉《さるきち》……」

おかしいと感じた巳吉が若い無頼を見た。猿吉の喉《のど》に、小柄《こづか》が深く突き刺さっていた。

「げっ……いつの間に」

巳吉が驚愕した。

「たった今だ」

教えながら、三間（約五・四メートル）の間合いを、数馬は一瞬でなくした。

「あわっ」

右にいた無頼があわてて下がろうとした。

「残っているぞ」

数馬は腰を落として太刀を薙《な》いだ。

人の身体《からだ》は左右の足で支えられている。下がるには、片足を後ろに出し、そちらに重心を移してから、残りの足を引きあげるという動作がいる。といっても無意識にやるだけに早く、瞬《まばた》きするほどしか片足は残りはしない。そのわずかな遅れを数馬は許さなかった。

「ぎゃっ」

太刀の切っ先が膝下を裂いた。

「……えっ、わ、わああ」

あっさり二人を排除した数馬の腕に、巳吉が恐慌状態になった。右手だけで持った長脇差を振り回して、数馬の接近を阻《はば》もうとした。

「………………」

相手をせず、数馬は前田直作のもとへ戻った。

「よいのか」

前田直作が目で、暴れている巳吉を指した。

「放っておいても、すぐに疲れて終わりまする。それより、そろそろ出てきましょう」

数馬は巳吉よりも手強《てごわ》い敵が出てくると言った。

「……当たって欲しくないところだが……」

二人の右手の旅籠《はたご》から、猪野たちが現れた。

「瀬能、やはり来たか」

猪野が数馬を睨んだ。

「おまえがここにいるよりは、不思議ではなかろう。前田どのの旅立ちを誰から聞いた。まさか、江戸をあきらめ国元へ戻ろうなどと考えて、板橋の宿場に来たのではなかろうな。おまえたちにもう帰る場所などないぞ」

数馬は嘲弄《ちょうろう》した。

「黙れ」

反応したのは、猪野ではなく板野であった。

「きさまか、直作を討てば、それを土産に国元へ凱旋《がいせん》できるのだ」

板野が言い返した。

「一門を殺した者を藩が受け入れると……お笑いぐさだ。吾《わ》が岳父《がくふ》を甘く見すぎているのではないか」

数馬があきれた。

「ほう、ようやく岳父と呼んだか。重畳《ちょうじょう》、重畳」

からかうことで相手を激昂《げっこう》させ、平常心を奪おうという数馬の策に、前田直作も便乗してきた。

「本多どのを舐《な》めてはいかぬな。あの御仁《ごじん》は、余の死をしっかりと利用するぞ。そうよな、余を殺せと命じたのが前田孝貞《たかさだ》どのだとして、一蓮托生《いちれんたくしょう》に潰《つぶ》すだろう」

「なにを言う。吾が主《あるじ》が潰されることなどない。藩主家の本家筋なのだぞ」

高山が反論した。先祖をたどれば、前田の嫡流《ちやくりゆう》は孝貞になる。もっとも途中で分家の利家に追い抜かれただけでなく、落魄《らくはく》していたところを拾ってもらい、一門だというだけで二万一千石という高禄で遇されていた。

「ほう、そなたは孝貞どのの家中だったのか。これはあとで文句を言わねばならぬな。そちらの家中に道中襲われたと」

しっかりと前田直作が高山の揚《あ》げ足《あし》を取った。

「あっ……」

「愚か者めが」

高山が口を押さえ、猪野が高山を叱《しか》った。

「なにがあっても加賀は、そなたたちを受け入れぬ。もっとも孝貞が藩主になれば、話は変わってくるだろうがな」

「その手があったか」

前田直作の言葉に、高山が興奮した。

「……相手にならん」

ありえないたとえ話を聞いた高山が、妙手とばかりに喜ぶのを見た前田直作が脱力した。

「己の都合の良いように人はものごとを考えるとは知っていたが、ここまでだとは……」

前田直作が小さく首を振った。

「おい、なにをしている。十分な金を約束したはずだぞ。このままだと後金は払わぬ」

言葉のやりとりを危険だと感じたのか、猪野が巳吉へ声をかけた。

「……あっ」

すでに太刀を振るうのに疲れて、呆然《ぼうぜん》としていた巳吉が反応した。

「しかし、仲間が……」

巳吉が倒れている二人を見て、逡巡《しゅんじゅん》した。

「こちらへこい。我らがこの若侍を押さえている。その間にやれ。若侍と違って、こやつは剣術などできぬ」

猪野が策を説明した。

「……でも」

「こやつら二人分の後金も、おまえにやろう」

まだ踏み切れない巳吉を、猪野が金で釣《つ》った。

「本当でござんすね」

巳吉が念を押した。

「武士に二言はない」

猪野が宣した。

「浪人は武士ではないぞ」

前田直作が口を挟んだ。

「黙れ。おい、高山、板野。瀬能に圧をかけろ」

怒声を浴びせた猪野が、指示を出した。

「おう」

「承知いたしましてござる」

二人が太刀を構えて、数馬へと近づいてきた。

「……えいっ」

包囲を待たず、数馬が飛び出した。

「わっ」

「こいつっ」

寡勢《かぜい》が多勢に向かって来るとは思っていなかったのか、二人が動揺した。

「しゃっ」

間合いが遠いと知りながら、数馬は太刀を水平に振った。

「おっと」

板野が後ろへ跳び、間合いを空けた。

「落ち着け、見せ太刀だ」

一人離れていた猪野が気づいた。

見せ太刀とは、相手を牽制《けんせい》あるいは、退かせるために遣《つか》うもので、端《はな》から当てようとは考えていない。

当てないつもりでも、白刃の切っ先が向けられるのだ。恐怖から大きく動いてしまい、体勢を崩してしまう。

「あっ」

言われた板野が、あわてて前へ出ようとした。

「遅いわ」

数馬はすでにその機先を制するだけの状況を作っていた。水平に振った太刀を、逆に薙いだ。

「うおっ」

出かかっていた胸の寸前に切っ先が迫り、板野が無様《ぶざま》に後ろへ転んで避けた。

「させぬわ」

追撃を撃とうとした数馬へ、高山が迫った。

「ちぃい」

板野への止《とど》めをあきらめて数馬は、右へ動いた。

「今のうちに」

高山が板野をかばった。

大きく体重を動かすため、転んだところから立ちあがるときに隙《すき》ができる。そこを狙われてはいかに名人上手といえども防ぎようがなかった。

「すまぬ」

板野が詫《わ》びて、立ちあがった。

「なにをしている。巳吉」

斬りかかろうとしない巳吉を猪野が怒鳴《どな》りつけた。

「へ、へい」

すっかり気を吞まれた巳吉が、言われたとおりに長脇差を振りかぶって、前田直作へ斬りかかった。

「おうわうおあ」

わけのわからない叫びを巳吉があげた。

「…………」

前田直作が右斜め前へと歩を進めた。

「あれっ……」

目標が動いたのだ。巳吉の一撃はあっさりと地を撃った。

「間抜け」

猪野が怒鳴った。

「もう一度だ」

「……へ、へい」

指示された巳吉が、前田直作のほうへと身体をひねった。

「いいのか。出てるぞ」

前田直作が巳吉の左脇腹を指さした。

「え……」

つられて目を落とした巳吉が息を呑んだ。

「おまえの腸《はらわた》だろう」

「……わ、わああ」

指摘を受けた巳吉が絶叫した。長脇差を捨てて、出ている腸を体内に押し戻そうとし始めた。

「ど、どうして……」

さすがの猪野も目を剝《む》いていた。

「余が剣術をできぬと思いこんでいたな」

前田直作が笑った。

「我が前田家は、いざというとき加賀の先陣を承る。いわば、先手だ。先手の大将は、軍勢とともに先へ進まねばならぬ。一人陣幕の奥で座っているわけにはいかぬのだ。死ねば負け戦となる殿とは違うのだ。役割がな」

「…………」

言われても猪野は反応できなかった。

「敵の先手の大将と撃ち合うのが、加賀七家の役目よ。本家に向かうべき傷を引き受ける。それが、我が前田家の役目。利長《としなが》さまは、関ヶ原で西軍に与《くみ》した祖父利政《としまさ》の失策を水に流し、徳川家に睨まれていた我らを迎えてくださった。救ってくださった本家を守る。そのためには、大将といえども敵兵と斬り結ぶ。これが我が前田の意義よ。刀槍《とうそう》の術に心得なくして、務まるものか」

前田直作が述べた。

「今まで太刀を遣ってはいなかったではないか」

ようやく猪野が声を出した。

「不要であったからな。余の廻《まわ》りには家臣がおり、瀬能もいた。抜かずともすんだ。無駄に戦う意味はなかろう。斬れば刀も傷むしな」

「くそっ。騙《だま》したな」

淡々と言う前田直作に、猪野が吐き捨てた。

「人聞きの悪いことを言う。余は、そなたに一度も剣は遣えぬと告げてはおらぬぞ。我が家の成り立ちを考えれば、わかったはずだ。少なくとも、孝貞は知っているぞ。同じ宿老《しゆくろう》なのだからな。つまり、そなたたちには報《しら》されていなかったのだ」

前田直作が氷のような声を出した。

「そのていどだったのだ、そなたたちはな。孝貞にしてみれば、うまく使える駒。それも失っても痛くも何ともない捨て駒」

「儂は捨て駒でない。孝貞どのは約束してくれた。ことがなったときには、儂を人持《ひとも》ち組《ぐみ》に引きあげてくれると」

猪野が否定しようとした。

人持ち組は、本多や前田などの万石をこす七家の宿老に次ぐ家格である。禄も千石をこえ、組頭や奉行、家老などになれた。

身分を厳密にわけている加賀前田家において、家格を一つでも上にあげるというのは、なかなかに難しい。よほど大きな手柄をたてるか、当主の寵愛《ちょうあい》を受けるか、でもないと禄は増えても、格まではあがらない。

「そんな力が孝貞にあるものか」

前田直作が否定した。

「考えて見ろ。殿から見て、そなたも孝貞も同じ家臣なのだ。家臣が家臣を引きあげる。役目の上とか、一門だとかでできるのは、せいぜい役職をあてがうことくらいだ。ああ、与えられた役目のなかで相応の活躍をすれば、加増もなせよう。だが、格を上げるのだけは違う。これは前田家の根幹にかかわることだ。格上げについては、殿に推薦するのが関の山だ」

「孝貞どのの推薦となれば、殿も無下にはできまい」

本家筋で家老を務めている前田孝貞の発言力を、猪野が指摘した。

「あいにくだったな。孝貞は今回の不始末で殿のご勘気《かんき》を買い、謹慎とまではいかぬが、慎《つつし》んでいるところだ。罪を得た者の意見など、誰が聞くものか」

「そんな……」

前田孝貞が綱紀の怒りを受けたと知った猪野たちが、愕然《がくぜん》とした。

「……」

その隙を見逃すほど、数馬はぼけていなかった。無言で前へ出ると、猪野へ斬りかかった。

「おおう」

咄嗟《とっさ》に身をひねり、猪野がかろうじて一撃を避けた。

「逃がすか」

数馬は大きく踏みこんで、追撃を放った。

「させぬ」

今度は板野が割って入った。板野の太刀が数馬の一撃を受け止めていた。

「助かった」

その間に崩れかかった姿勢を猪野が整えた。

「むうう」

好機を逃した数馬は、悔やしがった。さすがに藩でも知られた遣い手の連携を崩すのは困難であった。

「……なぜ、殿が慎みを。殿ほど加賀のことをお考えの方はおられなかった」

一人高山がまだ立ち直っていなかった。

「高山、しっかりせんか」

猪野が高山に気合いを入れた。

「殿が……」

「ええい。情けない。板野頼む」

数馬の相手を板野に任せて、猪野が高山に近づいた。

「おいっ」

「……はっ」

大きく肩を揺らされた高山が吾《われ》に返った。

「相手の策にはまるな。一度退く。遅れるなよ」

猪野が高山に告げた。

「は、はい。ですが、殿は大事ございませぬのでしょうか」

まだ不安だと高山が訊いた。

「それを含めて、調べる。先に行け」

強く高山の背中を叩《たた》いた猪野が、板野へと振り向いた。

「板野」

「おう」

二人が顔を見合わせた。

「えいやあ」

猪野が板野と対峙《たいじ》している数馬に斬りかかった。

「なんのこれしき」

あっさりと数馬はかわし、次の攻撃に備えるため、一間（約一・八メートル）ほど下がった。

「今だ」

「わかった」

猪野の合図で、板野が背を向けて走り出した。

「次こそ、覚悟しておけ」

切っ先を数馬に模《ぎ》したまま、猪野が捨てぜりふを残し、ゆっくりと下がっていった。

「逃がさぬ」

ここで決着をつけようと、数馬は後を追おうとした。

「止《よ》せ」

前田直作が数馬を制した。

「ですが、このまま逃がしては、また……」

「他人目《ひとめ》がある。瀬能、そなたは加賀の留守居役だ。顔を知っている者がおるやも知れぬ。襲ってきた者を排除しただけならば、なんの問題もないが、後まで追って倒したとなると、因縁があると取られかねぬ。まあ、実際因縁はあるのだが、加賀の恥をさらすことになるぞ」

納得いかない数馬を、前田直作が説き伏せた。

「むううう」

藩のためにならぬとあれば、辛抱するしかない。数馬は不満げな顔のまま、太刀に拭いを掛け、鞘《さや》へ戻した。

「小柄も忘れるな」

前田直作が死んでいる若い無頼の喉元を指さした。

「殿、ご無事で」

すぐに家臣たちが寄ってきた。

「余は問題ないが、そなたたちはどうだ」

「全員無事でございまする。無頼どもに傷は負わせましたが、逃げられてしまいました」

問われた家臣が、経緯《いきさつ》を話し、詫びた。雇い主が逃げたのだ。恩も義理もない無頼たちが、残って戦うはずなどなかった。

「よい。それよりも刀を仕舞《しま》え」

太刀を提《さ》げたままの家臣たちに、前田直作が命じた。

「た、助けてくれ」

まだ巳吉は生きていた。

「腹をやられては助からぬ。あきらめろ」

前田直作が宣告した。

「そんな……」

泣きそうな顔で巳吉が前田直作を見上げた。

「因果応報というものだ。今まで、そなたも人の命を奪ってきたのだろう。その報《むく》いが来たのだ」

前田直作が声をやわらげた。

「止《とど》めを」

家臣が出ようとした。

「放っておけ」

小さく前田直作が首を左右に振った。

「止めはただの人殺しにしか見えぬ。加賀は無情にも町人を殺したと悪評が立ってはまずい。かわいそうだが、これも家を守るためだ」

前田直作が述べた。

「瀬能、ご苦労であった。ここまででよい」

見送りはもういいと前田直作が告げた。

「承知いたしました」

数馬も同意した。

旅立ちの見送りには、酒席が付きものであった。街道沿《ぞ》いの茶店で、酒を酌《く》み交わして別れを惜しむ。だが、さすがに血なまぐさい後では、そんな気分にはならなかった。

「前田さま」

「なんだ」

前田直作が、数馬を見た。

「これをお願いいたしまする」

数馬は懐《ふところ》から書状を出した。

「ほう、琴どのへか。昨日持ってこなかったゆえ、出さぬのかと思っていたが……」

書状を受け取った前田直作がみょうな顔をした。

「宛先はまちがっていないな」

「はい」

確認する前田直作に、数馬は首肯した。

「本多どのへの書状か」

前田直作の顔つきが真剣なものになった。

「お願いをいたしまする」

「わかった。預かろう。おい、しっかりとな」

書状を前田直作が家臣に渡した。

「はっ」

家臣が書状を油紙で包んでから、背嚢《はいのう》のなかへ入れた。

「では、お気をつけて」

「うむ。世話になった。国元に帰ってきたときは、訪ねてこい。馳走《ちそう》してやる」

一礼する数馬に、前田直作が手を上げた。

「参るぞ」

前田直作一行が、板橋の宿を後にした。

## 三

酒井雅楽頭《うたのかみ》は、家綱の葬儀を終えてからも御用部屋で執務を続けていた。

「…………」

今までなにかあれば、いや、なにもなくとも酒井雅楽頭に近づき、いろいろと話しかけていた他の老中たちは、側《そば》にさえ寄らなくなっていた。

「備中守どの」

代わって人気となったのが、堀田備中守であった。まだ就任していないが、五代将軍になることが決まっている綱吉の信頼を一身に受けた堀田備中守へ、誰もがすり寄っていた。

「備中守どのよ。西の丸さまのお名前で赦免《しやめん》をいたそうと思うのだが」

老中首座稲葉美濃守《みののかみ》が、堀田備中守に話しかけた。西の丸とは、神田館から西の丸へと引っ越した綱吉のことである。

「赦免でござるか」

「さよう。西の丸さまのご慈悲深さを天下に示すよい機会だと思うが」

稲葉美濃守が述べた。

「しかし、極悪な連中を助けては、庶民どもが嫌がりましょう」

堀田備中守が難しい顔をした。

「おおう。たしかにそうであったな。人殺しの下手人などを助けては、庶民どもが恐れるか。いや、気づきませなんだ。さすがは備中守どのよ」

歳上の稲葉美濃守が、備中守の機嫌を取るようにおもねった。

「いやいや、そう言われると赤面いたしまする。なれど、赦免はよいかも知れませぬ。あまりに重罪な者は外すとして、少々の罪で牢《ろう》屋敷に入れられている者、手鎖《てぐさり》などの罰を受けている者などを恩赦してやれば、皆、上様のご寛大さに涙しましょう」

堀田備中守が、名案だと手を打った。

「上様だと……ふざけたことを。まだ綱吉は将軍ではない。御座《ござ》の間《ま》に入ることさえ許されぬ身のくせに……」

酒井雅楽頭が小声で吐《は》き捨《す》てた。

「そうだ。そうではないか」

不意に酒井雅楽頭が立ちあがった。

「どうかなされたのか、雅楽頭どの」

堀田備中守が、見咎《みとが》めた。

「いや、なんでもござらぬ」

手を振って、酒井雅楽頭は御用部屋を出た。

御用をなすことからそう呼ばれているが、老中たちが執務する場所は、将軍家御座の間の控え、三の間と呼ばれるところであった。老中たちが相談をし、決裁を将軍に求めることが簡単にできるようにとの配慮であった。

三の間を後にした酒井雅楽頭は、御座の間へと足を向けた。

「これは雅楽頭さま」

出迎えたのは書院番士《しよいんばんし》であった。

すでに家綱の側近くにあった小姓番《こしようばん》、小納戸《こなんど》などは、喪《も》が明けるまで屋敷での待機を命じられて登城していない。代わって、将軍家の警固《けいご》を任とする書院番士が、主の居なくなった御座の間の警固をしていた。

「少し御座の間に入る。一人にしてくれ」

「……はい」

家綱と酒井雅楽頭の主従が強い絆《きずな》で繋《つな》がっていたことを、将軍の周囲にいた者は知っている。その酒井雅楽頭が、家綱を偲《しの》びたくなるのは当然であり、その場所として御座の間を選ぶのは不思議でもなんでもなかった。

書院番士が御座の間の襖《ふすま》を開けた。

「わたくしがここで控えておりまする。雅楽頭さまのお許しなく、誰も通しませぬ」

「うむ。おぬしの名前は」

「木津《きづ》玄蕃丞《げんばじょう》にございまする」

問われた書院番士が名乗った。

「覚えた。余がいつまでおれるかわからぬゆえ、今日中にも手配をしておこう。小姓は新しい上様のお気に召さねばならぬゆえ、遠国《おんごく》奉行でよいな」

「かたじけなく」

出世を約した酒井雅楽頭に、木津が礼を述べた。

「ご懸念なく。ご存分に」

「うむ」

木津に促されて、酒井雅楽頭は御座の間に入った。

将軍の居室御座の間は、まだ家綱のいたときのままであった。床の間には家綱の好みであった山水画が掛けられ、愛用の文机《ふづくえ》、筆なども使える状態で置かれていた。

「……上様」

家綱が座っていた敷きものの前で、酒井雅楽頭は手を突いた。

「御座の間から上様の匂《にお》いが消えてしまうことに、耐えられそうにございませぬ。しかし、上様のご命《めい》ゆえ、後はお慕いできませぬ。辛《つろ》うございまする」

酒井雅楽頭が泣いた。

「……すでに堀田備中守めは、赦免などを言い出そうとしておりまする。罪の言い渡しは上様のお名前でいたすもの、赦免は上様のなされたことを消すも同然。続いて、上様の治世を否定いたしましょう。このままでは、上様は大老に操られた愚かな君主との悪評にまみれてしまいまする。それだけは許せませぬ」

すっと酒井雅楽頭が背筋を伸ばした。

「手を打たせていただきまする。もうすんだことだ。いまさらそのようなまねをするなとお止めなされましょうが、こればかりは聞きませぬ。お叱りは、わたくしがお側に参ったおりに頂戴《ちょうだい》いたしまする」

酒井雅楽頭が決意を口にした。

「伊賀者《いがもの》、そこにおるであろう。参れ」

天井を酒井雅楽頭が見あげた。

「…………」

音もなく、酒井雅楽頭の背後に影が湧《わ》いた。

「どこから……」

さすがの酒井雅楽頭も驚いた。

「ご大老さまといえども、上様の陰守《かげもり》がどこに控えているかはお答えできませぬ」

伊賀者が説明を拒《こば》んだ。

「たしかにな」

すぐに酒井雅楽頭は狼狽《ろうばい》を消して、うなずいた。どこに潜んでいるかわかれば、対応されてしまう。陰から将軍の身命《しんみょう》を守る伊賀者が、口にするはずはなかった。

「そなた名前は」

「御《お》広敷《ひろしき》伊賀者同心如月唐夜《きさらぎとうや》」

問われた伊賀者が答えた。

「隠密《おんみつ》御用を命じる」

酒井雅楽頭が如月へと身体を向けた。

隠密御用とは、その名のとおり、表沙汰《おもてざた》にできない命令を示した。伊賀組に与えられ、たとえ親兄弟といえどもその内容を語らず、それでいてかならず果たさなければならないものであった。

「……はっ」

一瞬戸惑った如月だったが、片膝を突いた姿勢を取った。

「西の丸にいる綱吉を討て」

酒井雅楽頭が命じた。

「……なにをっ」

心を動かしてはならないと言われる忍《しのび》が、驚愕の声を漏《も》らした。

「落ち着け。それでよく隠密が務まるな」

あきれた顔で、酒井雅楽頭が嘆息した。

「当たり前でございましょう。上様警固を任とする伊賀者に、上様を殺せなどと……」

「綱吉はまだ上様ではない」

反論する如月の言葉に、酒井雅楽頭が重ねた。

「それは……」

正論に如月が詰まった。

綱吉は将軍世子であり、まだ朝廷から征夷大将軍に任じられていない。

「できかねまする」

如月が拒んだ。

「大老の命令である」

「伊賀者は、上様の隠密。上様のご命《めい》なくば」

もう一度如月が拒否した。

次の将軍の命を狙うなど、引き受けられるものではなかった。失敗すれば、謀叛人として一族郎党皆殺しになる。成功しても、天下がひっくり返るようなまねをした者を生かしておくはずなどない。生き証人ほど面倒なものはないのだ。どう転んでも死ぬしかないという命など、受けたいはずなどなかった。

「余は上様より政を預けられた大老である。余の命は、上様のお言葉と同じである」

酒井雅楽頭が厳しく言った。

大老は、将軍代行であった。

「わかっているだろうが、余はまだ大老の役目を解かれてはおらぬ」

酒井雅楽頭が念を押した。

大老と大政参与は、将軍だけが任免できた。酒井雅楽頭を大老にした四代将軍家綱は、その職を解くと遺言していないし、五代将軍はまだいない。

「……はっ」

まちがいなく酒井雅楽頭の大老職は五代将軍綱吉の登場と同時に解かれる。だが、それまでは、大老であり、幕府最高権力者であった。

「わかったな。余は大老であるぞ」

酒井雅楽頭が宣した。

「はい……」

認めざるを得ない。如月が平伏した。

「もう一つ、ことが成就《じょうじゅ》したあとも、そなたを庇護《ひご》し続けてやる」

「…………」

施政者の口約束ほど信用できないものはない。如月は黙った。

「しばし待て……」

酒井雅楽頭は如月を制し、家綱の遺品である文机に向かった。主《あるじ》は居なくとも、毎朝の決まりとして墨《すみ》が磨《す》られ、将軍の硯《すずり》はいつでも使えるようになっていた。

筆を手にした酒井雅楽頭が、紙に墨を認《したた》めた。

「これでよかろう」

最後に花押《かおう》まで入れて、酒井雅楽頭が書付《かきつけ》を完成させた。

「くれてやる」

酒井雅楽頭が書付を如月に渡した。

「拝見つかまつりまする」

押し頂いた書付を、如月が素早く読んだ。

「たしかに受け取りましてございまする」

受け取る。これは承諾を意味した。如月の表情が変わった。

「一つだけ、お伺《うかが》いいたしたきことがございまする」

「申せ」

本来伊賀者が大老に質問をするなど、許されない。如月は今回の任を引き受ける条件として問いを発し、それを酒井雅楽頭が認めた。

「次の西の丸さまは、京からお見えでございましょうか」

綱吉を殺すのは、宮将軍の擁立《ようりつ》のためかと、如月は訊いた。

「いいや。余にはもう宮将軍を強行するだけの力はない。徳川の血筋でない宮家を将軍にするには、上様の後ろ盾が要る」

酒井雅楽頭が否定した。

「では、加賀さまをお考えでございましょうや」

さらに如月が問うた。

「一つだけではなかったのか。まあいい」

苦笑しながら酒井雅楽頭が答えた。

「加賀を再招聘《さいしようへい》はせぬ。加賀は臣下だ。逆順はない」

はっきりと酒井雅楽頭が断じた。

「ただ……」

わざと酒井雅楽頭が言葉を止めた。

「なんでございましょう」

訊きたくなるのは人の常である。如月も尋《たず》ねた。

「今回の濡《ぬ》れ衣《ぎぬ》を着てもらう。なんとか加賀の手によるものに見せかけよ。手立ては任せる」

「綱吉さまを殺した責任を加賀に押しつけると」

如月が確認した。

「そうだ。そうすれば、綱吉を排除できた上に、百万石が幕府の手に入る」

酒井雅楽頭が笑った。

「では、次の世子さまは……甲府公《こうふこう》」

候補を削っていけば、残るのは一人であった。如月が甲府藩主徳川綱豊《つなとよ》の名前を出した。

「しかない」

不本意ながらと酒井雅楽頭が渋い顔をした。

「家綱さまに比べれば、才も肚《はら》もまったく足りぬ若輩だが、堀田備中の息がかかっていない。他に人がない」

酒井雅楽頭が述べた。

「ご大老さま」

如月が、酒井雅楽頭を見上げた。

「なんだ」

目上への発言は、許可をもらわないと失礼になる。如月へ酒井雅楽頭が小さく首を縦に振った。

「今回の隠密御用、西の丸を守る者の力添えが要りまする。報せてもよろしゅうございまするか」

如月が願った。

「ならぬ。誰にも知られぬようにいたせ」

酒井雅楽頭が却下した。

「それでは、成功を保証できませぬ。西の丸の伊賀者の結界を破るのは、一人ではまずできませぬ。警固の小姓などは、何人いようとも変わりませぬが……」

無理だと如月が告げた。

「……ふうむう」

少し酒井雅楽頭が思案した。

「西の丸の警固についている伊賀者は何人だ」

「四人でございまする」

如月が答えた。

「一人だけだな。一人だけには報せてよい。もちろん、口止めはいたせ」

「……一人でございまするか。わかりました」

酒井雅楽頭の条件を如月は呑んだ。

「如月、ことがなったおりには、百両くれてやる」

「百両……」

如月が目を剝《む》いた。

三十俵三人扶持《ふち》である伊賀者の年収は約十三両ほどになる。百両はその八年分に近い。

「他の者にも同じだけやろう。いや、それでは、そなたとの差がないな。二百両、そなただけ二百両だ」

「ひっ」

貧しいことにかけて、以下はないとまで言われている伊賀者である。非番で出かけるときでも巾着《きんちゃく》のなかには、銭が少し入っているだけ、小判を見ることなどない伊賀者にとって二百両は想像もつかない大金であった。

「もう一つ褒美《ほうび》を加えてやる。株の売り買いを、そなただけ認めてやろう。二百両使えば、百俵あたりの御家人になれよう」

酒井雅楽頭が付け加えた。

株とは、旗本や御家人の系譜のことだ。禄というのは、個人ではなく家についている。家の当主が禄をもらう権利を持つ。つまり、当主にさえなれば、禄は手に入る。

ここから系譜の売り買いが始まった。系譜を売るとは、金を受け取って代々の家系図にまったく関係のない者を養子に迎えることであった。借金のある家、武士を辞めて商人になりたい者、などが株を売った。

過去の手柄に対して支払われるのが禄であった。そして禄で生活をすることで、主家への恩を感じる。この武家としての根本を揺るがすのが、株の売り買いである。当たり前のことだが、幕府は厳しく取り締まった。株の売り買いをした家は取り潰し、養親、養子ともに死罪に処せられた。

「ご大老さま公認……」

幕府の権威たる大老が、法度《はっと》破りを認める。如月は唖然《あぜん》とした。

「これでよかろう」

酒井雅楽頭が褒賞《ほうしょう》はここまでだと言った。

「し、承知いたしましてございまする」

如月が立てていた膝を揃《そろ》え、平伏した。

「急げよ。綱吉の将軍就任までに片を付けねばならぬ」

「はい」

平伏している如月を置いて、酒井雅楽頭は御座の間を出ていった。

すばやく御座の間の床下へ入った如月は、御広敷伊賀者詰め所へ戻った。伊賀者詰め所は、御広敷御門を入った右手にあった。御広敷にある大奥の出入り口である七つ口を警固する当番が詰めていた。

「どうした。今は御座の間の下だろう」

交代を待っている同僚が、不審な顔をした。

「戍川《いぬかわ》か。ちょうどいい」

如月が手を打った。

「なんだ」

「おぬし、西の丸の警固もしておったな」

「ああ。今さらなんだ。御座の間担当以外は、交代で西の丸に回るではないか」

戍川が怪訝《けげん》な顔をした。

「そうだったな」

指摘された如月が苦笑した。

「なにかあったのか」

もう一度戍川が問うた。

「組頭は……」

「詰め所へ来るものか。控えの間だ」

答代わりに返ってきた質問に、戌川が苦い顔をした。

「……では、安心だな」

如月が一人で納得した。

「いいか」

如月は部屋の隅に戌川を呼んだ。

「…………」

警戒を見せながら、戌川が近づいてきた。

「雪太《せった》、金が欲しくはないか」

「……いきなりなんだ。金が欲しくない伊賀者などおるまい。まさか、金を貸してやるというのではないだろうな」

如月の質問に、戌川雪太が一層《いっそう》警戒した。

「他人に貸す金などあるわけなかろう」

「では、なんだ」

戌川が早く言えと急《せ》かした。

「酒井雅楽頭さまよりの隠密御用が命じられた」

「隠密御用だと。上様がお亡くなりになられたこの時期に」

ますます戌川が不審そうな顔になった。

「まだ酒井雅楽頭さまはご大老だ。政はご大老さまの手にある」

「……理屈だな」

戌川が一応了解した。

「とはいえ、そこまで切羽詰《せっぱつ》まった御用があるのか。新しい上様がご就任なされてからでもよかろうに」

当たり前の意見を戌川が出した。

「緊急なのだ」

「さっさと言え」

戌川が怒りを口調にこめた。

「西の丸さまを害せとのことだ」

「……冗談を言うな」

告げた如月を戌川が睨んだ。

「わかっているだろうが。隠密御用は拒めぬ」

「……………」

如月に突っこまれた戌川が黙った。

「次の上様だぞ」

戌川が反論した。

「今はまだただの人だ」

世子となった段階で、綱吉は館林藩主《たてばやし》でもなくなっている。

「詭弁《きべん》だ」

如月の言葉を戌川が非難した。

「事実だぞ。大老さまの命に従わないほうがまずかろう」

「そう遠くない先に、雅楽頭さまは大老でなくなる。それまでごまかせばいい」

戌川が遅延策を提案した。

「それをさせてくださる方か。伊賀組を潰《つぶ》すなど一枚の書付に雅楽頭さまが花押を入れるだけですむのだぞ」

「…………」

言い返された戌川が黙った。

「あきらめろ。施政者に目を付けられたのだ。走狗《そうく》となるしか生き残る方法はない」

「余命短い施政者でもか」

戌川がねばった。

「窮鼠《きゅうそ》猫を噛《か》むぞ。今の雅楽頭さまは、まさに追い詰められた窮鼠だ」

「……たしかにな」

如月の言を戌川が認めた。

「あとな……」

一層《いっそう》如月が声を潜めた。

「今回の隠密御用には褒賞が出る」

「褒賞……」

戌川が怪訝《けげん》な顔をした。

隠密御用は、伊賀組の仕事である。隠密御用を果たすために、幕府は伊賀者を雇っている。大奥警固などは、隠密御用のないときに遊ばせておくよりはましとして与えられたものでしかない。隠密御用こそ、伊賀者の本領であり、果たして当然なものであった。

「聞いて驚け。百両くださる」

「ひ、百両」

あまりの金額に、戌川の声が裏返った。

「欲しくないか、百両」

「…………」

戌川が黙った。

「おぬしが要らぬと言うならば、他の者に声をかけるだけだ」

「だが、西の丸であろう。同じ伊賀者の警固がある。それを抜くのは困難だぞ」

簡単ではないと戌川が言った。

「だから、おぬしなのだ。おぬしが当番のときにやれば、警固に一つの穴が開いたも同然だろう。穴さえあれば、忍びこむのは容易だ」

如月が語った。

「吾が疑われるではないか」

「そのときには、西の丸さまは死んでいる。となれば次の上様が決まるまで、酒井雅楽頭さまは大老だ。守ってくださる。なにより、隠密御用は親子兄弟でも教えるわけにはいかぬ。隠密御用のためならば、西の丸の守りを破ったところで、咎められはせぬ」

懸念を表した戌川を、如月が説得した。

「気が進まぬか。ならばいたしかたない。この話聞かなかったことにしてくれ」

隠密御用の内容を他人に漏らすのは厳禁である。もし、戌川が誰かに喋《しゃべ》れば、それがたとえ伊賀組のためでも罰を受けた。軽々に秘事を漏らすような忍を信用する者などいない。伊賀者から隠密御用の内容が漏れたとなれば、幕府は二度と伊賀組に任を与えなくなる。隠密御用をしなくなった伊賀者の末路がどうなるかは自明の理であった。

「百両、生涯手にできぬ金額を受け取り損ねたな」

「本当にもらえるのか。ことをなしたあと酒井雅楽頭さまが反故《ほご》にされたり、あるいは我らを消すことなどないのか」

戌川がもっとも恐れていることを口にした。

「雅楽頭さまから書いたものを預かっている。我らの身分を保障することと、かならず決めた褒賞を与えるとのな」

如月が告げた。

「だが、もうおぬしには関係ないことだ。ではの」

「待て。待ってくれ」

背を向けた如月に、戌川が手を伸ばした。

「来月、妹が嫁にいくのだ。なにもしてやれぬが、簞笥《たんす》の一つも持たしてやりたい」

戌川が述べた。

「簞笥のなかを着物で溢《あふ》れさせてやれるぞ。なにせ百両だからな」

如月が、戌川の肩を叩《たた》いた。

# 第四章　見習い同士

## 一

江戸城西の丸は、創建当時隠居廓《くるわ》と呼ばれていた。これは、家督《かとく》を三男秀忠に譲った徳川家康が、江戸における住居として建築させたことに拠《よ》った。紅葉山《もみじやま》、山里廓《やまざとくるわ》を内包する西の丸の面積は、六万八千三百八十五坪と大きく、本丸の三万四千五百三十九坪の倍に近い。もっとも二の丸、三の丸を含めた広義の本丸となれば、九万三千八百九坪となり、西の丸よりも大きくなる。が、それでも江戸城全体のなかでも大きな区域であることにはまちがいなかった。

その西の丸御殿に、綱吉はいた。

家綱が亡くなる前日、無理登城した綱吉は堀田備中守《びっちゅうのかみ》の手腕で将軍世子となり、翌朝西の丸へ移住、ただちに官位を進め従三位《じゆさんみ》参議宰相《さんぎさいしよう》から、従二位《じゆにい》権大納言《ごんだいなごん》へ任官、御三家の上席となった。

家康の隠居場所として創建されたというのもあり、西の丸は本丸同様政務をおこなえるような構造になっていた。さすがに本丸の将軍居室に遠慮して、御座《ござ》の間という呼び方はしないが、将軍世子の在する殿上《でんじよう》の間、警固《けいご》の侍が詰《つ》める遠侍《とおさむらい》、諸大名や朝廷の使者を謁見《えつけん》する白書院《しろしよいん》の間、大名たちが格式に応じて座する溜間《たまりのま》や帝鑑《ていかん》の間、諸役人の控えである桔梗《ききよう》の間、焼火《やけび》の間など、設備は揃《そろ》っていた。

実際、短い間だったとはいえ、家康はこの西の丸で天下を支配した。

また、将軍世子が西の丸に入れば、政《まつりごと》を教える教導役とも言える西の丸老中が任じられるなど、人材も用意された。

「備中守はまだ来ぬのか」

家綱の喪《も》は明けたが、将軍就任はまだしていない。綱吉の身分は、未《いま》だ家綱養君という中途半端なものであった。

「まだお見えではございませぬ」

綱吉の警固を担当する西の丸小姓《こしよう》が答えた。

「今一度、使者を出せ」

「なかなかに多用なのが、執政衆でございまする。しばし、ご辛抱を」

再度呼び出せという綱吉を館林家《たてばやしけ》から供してきた小姓番柳沢吉保《やなぎさわよしやす》が宥《なだ》めた。

「余《よ》は五代将軍ぞ。その将軍の呼びだしより、優先せねばならぬことがあるとでも申すか」

いらだちを綱吉が、柳沢吉保にぶつけた。

「殿を将軍位にお就《つ》けするための手配でございましょう」

柳沢吉保が述べた。

「兄の家綱が死んだのだ。喪が明ければ、余が将軍になる。それだけの話ではないか」

綱吉が首をかしげた。

「いいえ。殿が将軍になられますには、朝廷の許しが要《い》りまする」

「朝廷など、飾りであろうが。幕府から、余を将軍にしたと通知するだけでよいだろうが」

首を左右に振った柳沢吉保へ、綱吉が返した。

「そうは参りませぬ。たしかに朝廷に力はございませぬ。ですが、権威は持っておりまする」

「朝廷の権威……」

綱吉が首をかしげた。

「ございまする。朝廷にも権威は。それが、官位の下賜《かし》でございまする」

諭《さと》すように柳沢吉保が言った。

「将軍も官位か」

「はい。正確には正二位右近衛大将《うこんえのだいしょう》、征夷大将軍、淳和奨学両院別当《じゅんなしょうがくりょういんべっとう》、源氏長者と申しまする」

「それくらいは知っておる」

さらに綱吉の不機嫌さが増した。

「征夷大将軍は、かつて東北におりました荒戎《あらえびす》どもを征伐するために、朝廷が坂上田村麻呂《さかのうえのたむらまろ》を任じたのが最初で……」

「歴史などどうでもよいわ」

説明を始めた柳沢吉保へ、綱吉が手を振った。

「とにかく、征夷大将軍を任命するのは朝廷の役目でございまする」

経緯をはしょって結論だけを柳沢吉保が告げた。

「それはわかった。いつまで待てばいいのだ。今、幕府には将軍がおらぬのだぞ。これは天下の乱れを生むのではないか。武家どもの忠節を一人で受けるべき将軍がいなければ、大名どももどうしてよいかわからず、戸惑っておるはず」

綱吉が語った。

「仰《おお》せのとおりでございまする。ですが、将軍は大政を委任される重要な役目。小姓や小納戸《こなんど》を任じるのと同列にはできませぬ。いろいろと手続きが……」

「なにをのんびりとしている。今、どこかで謀叛《むほん》の火が上がらぬとは言えまい。兄家綱のときを思い出せ」

「由井正雪の乱でございますな」

柳沢吉保がうなずいた。

軍学者由井正雪は、巷《ちまた》に溢《あふ》れていた浪人を糾合《きゅうごう》し、三代将軍家光の死で混乱している天下を奪取すべく、江戸、駿河《するが》、大坂、京で挙兵しようとした。幸い、一味から訴人する者が出たお陰で、暴発寸前に押さえこめたが、計画どおり浅草煙硝蔵《えんしょうぐら》を爆破されていれば、江戸は大惨事になっていた。

「そうだ。それを防ぐには、余に天下の権を今すぐにでも渡すべきなのだ」

綱吉が言い張った。

「上様」

そこへ、堀田備中守が顔を出した。

「おお、備中守、待ちくたびれたぞ」

さっと綱吉が顔をほころばせた。

「申しわけございませぬ。所用が多く、すぐお呼びに応じられませず」

堀田備中守が詫《わ》びた。

「いやいや、多用のなかよく来てくれた」

綱吉が喜びを口にした。

「上様のご要望は、この備中守、よく存じあげておりまする」

「では……」

期待した目で綱吉が堀田備中守を見た。

「朝廷と折衝《せっしょう》をいたしました結果、八月二十三日に将軍宣下《せんげ》と決まりましてございまする」

「八月二十三日……。まだ二ヵ月以上もあるではないか」

言われた綱吉が、落胆した。

「お怒りはごもっともながら、ことがことでございまする。わたくしどもの備中守や、越前守《えちぜんのかみ》などであれば、書付《かきつけ》一枚で話はおわりまするが、なにぶんにも天下にただお一人、武家の統領でございまする。そのご就任には、相応の権威というものがなければ軽んじられてしまいまする」

「形式が要るのだな」

「ご賢察でございまする」

堀田備中守が称賛した。

「そのために朝廷より勅使を迎えまする」

「公家が来るのか」

身を乗り出して、綱吉が興味を示した。

綱吉は、家綱、綱重《つなしげ》らの兄たちと違って、小さなときから学問が大好きであった。幕府の儒官《じゆかん》林鳳岡《はやしほうこう》が、類《たぐ》い希《まれ》なると感嘆したほどの学識を誇っていた。実際、家綱の前で進講をしたこともある。

「詩歌の話などできるな」

綱吉が浮かれた。

「…………」

堀田備中守は沈黙した。

たしかに京から勅使あるいは院使として、かなり高位の公家が江戸まで下向してくる。しかし、その役割は綱吉を征夷大将軍に任じるためであって、詩歌や学問の話をするためではない。綱吉との対面は用意されているが、会話は予定されていなかった。

「楽しみじゃの」

「はい。殿が上様になられる日でございまする」

堀田備中守が沈黙した理由を悟った柳沢吉保が、話をそらした。

「そなたも喜んでくれるか」

「もちろんでございまする」

綱吉がうれしそうに確認し、柳沢吉保が首肯《しゅこう》した。

「うむ、うむ」

満足そうに、綱吉が首を縦に振った。

「では、上様、わたくしはこれにて」

用はすんだと堀田備中守が一礼した。

「御用ではいたしかたないが、夕餉《ゆうげ》をともにしたいぞ」

「本日は難しゅうございまする」

綱吉の願いに、堀田備中守が残念そうな顔をした。

「ですが、上様の思《おぼ》し召《め》しでございまする。近いうちにきっとご相伴《しょうばん》させていただきまする」

堀田備中守が述べた。

「楽しみにしておるぞ」

綱吉がうなずいた。

「殿、しばし、御前を離れさせていただいてもよろしゅうございましょうや」

堀田備中守が出ていった直後、柳沢吉保が願った。

「うむ」

機嫌が良くなった綱吉は、あっさりと認めた。

「御免《ごめん》を」

柳沢吉保が殿上の間を出た。

「お待たせをいたしました」

頭を下げた柳沢吉保を殿上の間外で堀田備中守が迎えた。

「よく気づいたの」

「ご退出のおり、わたくしの顔をご覧になられましたので」

柳沢吉保が答えた。

「けっこうだ。上様のお側《そば》に、おぬしのような気配り、気付きのできる者がいてくれれば、安心じゃ」

「過ぎたるお言葉を、畏《おそ》れ入りまする」

褒《ほ》めた堀田備中守に、柳沢吉保が恐縮した。

「他の小姓どもはどうだ」

堀田備中守が本題に入った。

「戸惑っているというのが、実情ではないかと」

柳沢吉保が告げた。

他の小姓たちのほとんどは館林からついてきた柳沢吉保と違って旗本であった。綱吉が西の丸に入ったため、急遽《きゅうきょ》任じられた者ばかりであった。

「無理もないが、それでは困るな」

「なにに困ると仰せでございまするか」

堀田備中守の言葉の真意を、柳沢吉保が問うた。

「上様の警固に抜かりがでかねまい」

「警固……西の丸に……」

柳沢吉保の目つきが変わった。

「誰が殿を襲うと」

「……わかっておるだろうが。わからぬ振りをするな。不愉快《ふゆかい》だ」

堀田備中守が声を冷たくした。

「酒井雅楽頭《うたのかみ》さまが」

「そうだ」

柳沢吉保の答えに、堀田備中守が首肯した。

「今さら、酒井雅楽頭さまが、殿を狙うとは考えにくいのでございまするが」

酒井雅楽頭の名前を出しながらも、柳沢吉保は納得していなかった。

「おぬしは、何石だ」

不意に堀田備中守が訊《き》いた。

「わたくしでございまするか。百六十石、廩米《りんまい》三百七十俵を頂戴《ちょうだい》いたしております」

柳沢吉保が答えた。

表高の米を穫《と》れる田を与えられる知行に対して、廩米は現物を渡された。廩米は、十月にまず半分、残りを二月と五月に分けて支給された。

「少ないな。では、無理はないか」

堀田備中守が納得した。

「どういう意味でございましょう」

「知行と廩米を合わせて五百石ていどでは、権を知るまい」

質問した柳沢吉保へ、堀田備中守が告げた。

「……………」

小姓の権などないにひとしい。柳沢吉保は沈黙することで、肯定《こうてい》した。

「そなたは上様のお気に入りであろう」

「お気に入りなど、畏れ多い」

柳沢吉保が否定した。

「なにを言うか。上様が西の丸まで連れてきた者は、両手でたりるぞ。そのなかに選ばれただけでも、お気に入りだとわかろうが。謙遜《けんそん》は美徳だが、過ぎると腹立たしいぞ」

堀田備中守があきれた。

「気を付けまする」

柳沢吉保が一礼した。

「わかればいい。話を戻すぞ。いずれそなたも経験するだろうが、一度でも権力というものを知れば、それがどれだけ人を惹《ひ》きつけるかわかる」

真剣な顔で堀田備中守が続けた。

「とくに雅楽頭が握っていたのは天下の大権だ。政《まつりごと》にご興味をお持ちではなかった家綱さまを騙《だま》して手にしたものだが、下馬《げば》将軍とまでいわれるほど強いものだ。わかるか。老中でさえ思うがままにできるのだぞ。まさに、天下が我が掌《てのひら》にあり、御三家、加賀の前田、薩摩《さつま》の島津でも道を譲る。誰もが畏れ入る。わかるであろう」

「はい」

問われた柳沢吉保が首肯した。

「家綱さまの死で、それを酒井雅楽頭は失った。家綱さまのご寿命を悟り、前田綱紀《つなのり》や有栖川宮幸仁親王《ありすがわのみやゆきひと》ら、己の傀儡《かいらい》とできる者を家綱さまの跡継ぎにしようとしたのも、今ある権力を失いたくないがため」

「…………」

「だが、天網恢々疎《てんもうかいかいそ》にして漏《も》らさず。雅楽頭の野望は、綱吉さまの登場で無になった」

「無になったとあれば……」

あきらめるのではないかと、柳沢吉保が言いかけた。

「人はあがくものぞ。最後の最後まであきらめきれぬのが人であり、欲じゃ。溺《おぼ》れる者は藁《わら》をもつかむというであろう」

「綱吉さまを害し奉《たてまつ》れば……」

「あらたな将軍候補が要りようになろう。それを酒井雅楽頭が狙っている。酒井雅楽頭を辞めさせると決められている綱吉さまより、まだどうするかも考えていないお方ならば、望みもてよう。己のもとに将軍の座が転がってくるならば、雅楽頭と組んでもいいと考える輩《やから》がいても不思議はなかろう」

堀田備中守が述べた。

「なんと主君を殺してでも権を守りたいとは。それほど権は人を狂わせる……」

柳沢吉保が啞然《あぜん》とした。

「わかったであろう」

「仰せのとおりと確信いたしました」

訊いた堀田備中守に、柳沢吉保が大きく首を縦に振った。

「十分な警戒をな。余は、御用のため、お側におれぬ。おぬしに託すぞ」

「お任せくださいませ。吾《わ》が命に替えても殿をお守りいたしまする」

柳沢吉保が強く宣した。

## 二

加賀藩には忍《しのび》がいた。

霊峰白山《はくさん》で修行を積んだ山伏《やまぶし》に端を発する加賀忍は、前田利次の手によって前田家に取りこまれていた。

とはいってもすでに天下は定まった。徳川の天下を揺るがす者も出て来ない。忍の出番もなくなりつつあった。

「……誰だ」

夜の江戸を歩いていた加賀忍の一人が、誰何《すいか》した。

「加賀の忍だな」

返答は闇のなかからの確認であった。

「なにをわけのわからぬことを。拙者《せっしゃ》は加賀藩士立山五郎《たてやまごろう》である」

加賀忍が否定した。

「まちがいないな。問われて認める者が忍であるはずはない」

声が笑いを含んだ。

「なにをわけのわからぬことを。姿を現せ」

言いながらも、加賀忍の膝《ひざ》が少しだけたわめられた。

「逃げる気らしいが……できるかの」

「だな」

別の声がした。

「もう一人か」

あわてて加賀忍が、振り向いた。

「こちらだ」

加賀忍の背中に影が落ちた。

「ちっ……」

前に転がって避けた加賀忍が、起きあがりながら振り向いた。

「伊賀者」

闇のなかに立つ影に、加賀忍が言った。

忍はその流れによって身につけたものが違った。加賀忍の忍装束《しのびしようぞく》は草色、伊賀者は黒、甲賀者《こうがもの》は柿と、それぞれの特徴があり、見慣れた者ならば、着ているものを見るだけでどこの忍なのかわかった。

「語るに落ちたな」

影が笑った。

「くっ」

加賀忍が臍《ほぞ》を噛《か》んだ。

「では死んでもらおう」

「なぜだ。伊賀者と争う理由はないぞ」

問答無用と言った伊賀者に、加賀忍が抗《あらが》った。

「そちらにはないが、こちらにはあってな。まあ、忍というのは、そういうものだろう。いつ死ぬかわからぬのが、忍」

伊賀者が忍刀《しのびがたな》を抜いた。

「…………」

急いで加賀忍も太刀を抜いた。

「よく見えるぞ、光ってな」

小さく伊賀者が笑った。

「ちいい」

加賀忍が歯がみをした。

江戸藩士として町を歩いていた加賀忍は、武士の姿である。武士が、忍のように刃物に漆《うるし》を塗るはずはない。白刃は月明かりを受けて、目立った。対して、伊賀者の忍刀は黒漆を刀身に塗り、光の反射を防いでいる。さすがに闇に溶けるほどではないが、かなり見わけるのは難しかった。

「なにが目的だ」

「…………」

加賀忍の問いを、伊賀者は流した。

「……しゃっ」

先手は加賀忍が取った。

正面にいた伊賀者へ向けて、踏み出しながら太刀を振った。

「……ふん」

半歩退いて伊賀者が避けた。

「やあ」

さらに加賀忍が追撃した。それも伊賀者は下がることでかわした。

「今だ」

大きく開いた間合いを確認した、加賀忍が走り出した。背後の伊賀者との距離を離し、前の伊賀者を下がらせ、できた隙間《すきま》を利用したのだ。

「逃がすか」

背後の伊賀者が手裏剣《しゆりけん》を撃った。

「…………」

予想していたのか、振り向きもせず、加賀忍が右へと身体《からだ》をずらした。

「甘いな」

重心が少しぶれたのを、前にいた伊賀者は見逃さなかった。空けた間合いを一気に詰《つ》め、忍刀を振りあげた。

「くえっ」

人の身体は重心が据《す》わっていてこそ、咄嗟《とっさ》に反応できる。手裏剣を避けたばかりの加賀忍には無理であった。

忍刀が、加賀忍の下腹を裂いていた。

「おまえの命には用がない。悪く思うなよ」

倒れた加賀忍の首筋に止《とど》めを刺しながら、伊賀者が言った。

「……なぜ」

加賀忍が絶息した。

「手応えのない」

手裏剣を拾いながら、伊賀者が嘆息した。

「こんなものだろう。伊賀と違い、諸藩の抱えている忍には任もない。最初の一撃と手裏剣を避けただけでも、ましだろう」

もう一人の伊賀者が言った。

「まあいい。急げ、戍川《いぬかわ》」

「おう」

戍川が死んでいる加賀忍の懐《ふところ》を探った。

「これが加賀忍の手裏剣か」

手にした手裏剣を、戍川が月明かりに照らした。

「変わった形だの。槍《やり》の穂先を小さくしたような。両側に刃がついているぞ。普通に持てば、手が切れよう」

戍川があきれた。

「よく見ろ、手元二寸（約六センチメートル）ほどには、研《と》ぎがはいっていない。そこを摑《つか》むのだろう」

如月が述べた。

「ここか……しかし、これでは投げても安定せぬぞ。重さが後ろにありすぎる」

戍川が手裏剣を握って、投げるまねをした。

「独特のこつでもあるのだろう。帰るぞ。夜間とはいえ、どこに他人目《ひとめ》があるかわからぬ」

退散を如月が促した。

「ああ。要るものは手に入ったしな」

同意した戍川が闇に沈んだ。

翌朝発見された加賀忍の死体は、自身番《じしんばん》へと運びこまれた。

「面倒だね」

朝から呼び出された町名主《まちなぬし》が嘆息した。

自身番は、その町内に土地と家屋を持つ地主でもある町名主たちによって運営されている。その費用は、町名主たちの負担なのだ。変死体などでも身元がわかれば、そちらに押しつけられるが、不明の場合の埋葬料などは町内が捻出《ねんしゅつ》しなければならない。

「懐は探ったんだろう」

「へい。下帯まで解《ほど》きやしたが……」

町名主に言われて自身番の番人が答えた。

「刀を抜いていたそうだから、辻斬《つじぎ》りにでも遇《あ》ったのだろうけど」

嫌そうな顔で町名主が加賀忍の死体を見た。

「着ているものは、血まみれで切れているから売りものにならないけど、太刀と脇差《わきざし》があるだけましかね。身形《みなり》からいって業物《わざもの》とは思えないが、埋葬料とここまで運んできた戸板の新調代くらいにはなりそうだね。お奉行所からどなたか来られるはずだから、お見えになったら呼んでおくれ。わたくしは店に戻っているから」

盛夏である。一晩で死体はかすかに匂《にお》い始めていた。鼻を押さえて、町名主が番屋を出ていった。

「身許を示すものはなにもないか。人相書きを作っておけよ」

昼過ぎになってやってきた北町奉行所臨時《りんじ》廻《まわ》り同心大野《おおの》は、加賀忍の死体を検《あらた》めることもなく、指示を出した。

「ご苦労さまでございまする。どうぞ、お帰りに精進落としを」

番人の呼び出しで、再度自身番へ来た町名主が、紙に包んだものを同心の羽織の袖《そで》へと落とした。

「すまねえな」

同心が袖を小さく振って、紙包みの重さをはかった。

「ところでいつまでここに預かっていればよろしゅうございましょうか。暑いだけに、なにかと」

町名主が揉《も》み手をした。

「わかった。明日一日待って、引き取り手が出なければ埋葬してよい。遺髪と遺品はしばらく保管しておけ」

願いを同心は認めた。

「ありがとうございまする」

ほっとした顔で、町名主が同心を見送った。


配下の加賀忍が屋敷に戻ってこない。その報を加賀忍の組頭《くみがしら》は握りつぶした。

「いずこかで体調を崩しているだけだろう。あわてるな」

そう言って、組頭は配下たちに口止めをした。

「上屋敷にお報《しら》せせずともよろしいのでございまするか」

配下が懸念した。

忍といえども泰平の世なれば、同心身分の藩士になる。当然、藩の決めた法度《はつと》に従わなければならなかった。

「届け出れば、立山は放逐《ほうちく》されるぞ」

組頭が言った。

どこの藩でも同じだが、無断外泊は重罪であった。身分の軽い足軽や同心といえども、改易《かいえき》放逐は避けられない。重職になれば切腹まであるほど、厳しいものであった。

「ですが……」

かばったことがばれれば、累が及びかねない。配下が組頭の顔色を窺《うかが》った。

「わかっておる。今夜一日だけだ。明日には用人さまにお話しする」

組頭が述べた。

加賀藩ほどの大藩となれば、江戸にいる藩士だけで千人をこえる。そのすべてを把握できるはずもない。藩士に異状があったかどうかは、直属の上司からの報告があって、ようやく知れた。組頭の思いやりが、藩士一人の失踪《しつそう》を隠してしまった。

留守居役の任に藩士が起こした不始末の対応があった。まず表沙汰《おもてざた》にしないように手を打ち、間に合わなかったときには被害をできるだけ目立たないように後始末をつける。金と人脈を駆使できる留守居役にうってつけであった。

「忍が一人帰ってこないだと」

加賀忍が伊賀者に襲われてから三日目の朝、組頭からの届け出が用人を経由して留守居控えへ回ってきた。

「しかも三日前の話とは……なにかあっても、もうどうしようもないではないか」

報告を聞いた五木が憤《いきどお》った。

「とはいえ、このままにもできまい」

苦い顔をしながらも対応しなければなるまいと、六郷が言った。

「まずは立山とかいう加賀忍の捜索だ」

「うむ。となれば町奉行所に聞き合わせだが……誰を行かせるか。拙者は今日同格組合の会合がある」

六郷の案に五木が首を左右に振った。

留守居役としての筆頭は六郷だが、先任は五木であった。六郷と五木の家格差に起因する。五木は、尊大な態度で六郷と話した。

「あいにく拙者もご老中大久保加賀守さまのお留守居と約束がある」

頬《ほお》をゆがめたまま六郷も無理だと告げた。

「誰か手の空いている者はおらぬか」

五木が留守居控えを見回した。

加賀藩ともなれば留守居役も相当数いた。だが、誰一人として暇な者はいなかった。

「当然か、上様のご交代があるのだ。そんなときに安閑《あんかん》としているようでは、留守居役など務まらぬな」

六郷が納得した。

「残るは……」

「瀬能だな」

五木と六郷が顔を見合わせた。

「どこにいるのだ」

六郷が、数馬の姿がないことに気づいた。

「先日も猪野たちに襲われたであろう」

「ああ、前田直作さまのお見送りのときだな」

五木の言葉に六郷が首肯した。

前田直作をしつこく猪野たちが狙ったことは、即日、藩邸に報されていた。

「まあ、ことは瀬能の剣で防いだ。そのとき思うことがあったのだろうな。毎日、道場で稽古《けいこ》に励《はげ》んでいるらしい」

上屋敷には藩士たちの武芸稽古のための道場があった。

「留守居役にはどう考えても要らぬ技能だったはずだがな、剣術は」

説明に六郷がなんともいえない顔をした。

「要らぬわ。今更《いまさら》木刀など持てぬ」

五木も嫌そうに頬《ほお》をゆがめた。

「まさか、殿も留守居役に剣術をなどと言い出されまいが……」

「まったく、手間のかかるやつだ」

二人が溜息《ためいき》を吐《つ》いた。

「それにしても、未だに猪野たちは前田直作さまを害そうとしていたとはな」

五木が話を変えた。

「おうよ。江戸にまだ残っていたとは思わなかった」

六郷も応じた。

「……金の出所が問題だな」

人が生きていくには金が要る。六郷が声を潜《ひそ》めた。

「家賃、食費だけでも三人となると月に二両はかかる」

五木が述べた。

「こちらに猪野たちの親戚はいたか」

六郷が問うた。

「遠縁が一人いるくらいだ。前田直作さまを追って猪野たちが江戸へ無断出府《しゅつぷ》してきたとき、厳しく締め上げられたからな。親戚も手出しはすまい。なにせ、殿みずから猪野たちの放逐を命じられたのだぞ。ひそかに援助していたなどとばれてみろ」

最後まで言わずに、五木が己の首を右手で叩《たた》いた。

「となると……」

「うむ。小沢だ」

あえて名前を出さなかった六郷に、五木が告げた。

「小沢にしてみれば、加賀憎しで繋《つな》がる便利な駒だろう」

「堀田備中守さまもご存じだろうな」

六郷が瞑目《めいもく》した。

「でなければ、金は出ぬ」

五木が認めた。

「どうしてこうややこしいことが、我が藩に起こるのだ。殿に五代将軍のお話があってから、立て続けだぞ」

大きく六郷が息を吐《は》いた。

「いや、もっと前だ。珠姫さまを利常さまの御正室としてお迎えした。あれがすべての発端だ」

述べた五木が腰を上げた。

「愚痴《ぐち》っても過去は返らぬ。瀬能に命じてくる」

「頼もう」

六郷が五木に任せた。

## 三

数馬は、御殿のなかに設けられている藩主用の稽古場ではなく、上屋敷の塀際《へいぎわ》に作られた道場にいた。

下級藩士の長屋を二つ合わせて、間の壁をぶち抜いた道場は、藩邸の外と繋《つな》がっている無双窓《むそうまど》から入る日だけが灯《あか》り代わりであり、薄暗い。

「やああ」

「えいっ」

三十畳をこえる道場で、非番の藩士の何人かが来て稽古に励んでいた。

「むん」

その隅で数馬も木刀を振っていた。

数馬は師について正式に剣術を学んでいなかった。香取神道流《かとりしんとうりゅう》免許皆伝だった祖父とその教えを受けた父から、手ほどきを受けただけである。

「どのような理屈を付けようとも、剣は人を斬るための道具、剣術はそれを効率よくすませるための技でしかない」

祖父ははっきりと剣術を人殺しの技と断言した。

「敵よりも早く相手を斬ればいい。それができれば無敗だ」

こう言った祖父の方針で、数馬は日に千回の素振りを義務づけられた。一日千本ではない。上段千本、右袈裟《みぎけさ》千本、左袈裟千本、薙《な》ぎ千本、下段切りあげ千本、合わせて五千本を毎日繰り返させられた。

当初、手の皮が剝《む》け、血豆ができて潰《つぶ》れた素振りも、一年ほどで慣れた。もっとも家督《かとく》を継いでからは、役目の問題もあり、さすがに日に五千本はできなくなったが、それでも千本は振っていた。それが、江戸屋敷に来てからの混乱で、できなくなっていた。

「やはり筋が弱っている」

薙ぎを五百振ったところで、数馬は苦い顔をした。

「江戸に出てきてから、まともに木刀を手にしていなかったからか」

いつもは感じない掌《てのひら》の疲れに、数馬は嘆息した。

「千本でいい。振るようにせねばならぬな」

あらためて数馬は鍛錬のし直しを決めた。

「見てくれ」

もう一度素振りを始めるについて、刃筋の確認を数馬は家士の石動《いするぎ》に頼んだ。

「はっ」

石動が首肯した。

「一、二、三……」

数馬は木刀を水平に薙いだ。

「残心が少し上へ流れておりまする。引き手に力が入りすぎておりますぞ」

厳しく石動が指摘した。

石動は先代のときから瀬能家に仕えている。大きな身体《からだ》で戦場往来の介者剣術《かいしゃけんじゅつ》をよく遣《つか》った。

「こうか……七、八……」

「今度は力が抜けすぎましたぞ。もう少し小指に力を」

すぐに対応した数馬へ、鋭い指導が飛んだ。

「わかった」

「そう、その調子でござる」

ようやく石動が納得した。

「瀬能はおるか」

そこへ、五木が顔を出した。

「これに」

数馬が手をあげた。

「こちらに来い」

五木が手招きをした。

「頼む。どうやら稽古はここまでのようだ」

手にしていた木刀の片付けを石動に任せて、数馬は五木のもとへと小走りで向かった。

「なにか」

「おぬしに仕事を任せる」

問うた数馬に、五木が応じた。

「わたくしに……」

数馬が怪訝《けげん》な顔をした。数馬はまだ留守居役に慣れていない。いや、世事に慣れていない。世間の荒波に揉《も》まれていないのだ。世のなかの酸《す》いも甘いも嚙《か》み分けた老練な者でなければ務まらない留守居役としては、遣いものにならなかった。

「しばらくはなにもするな」

数馬を他藩の留守居役との顔見せに連れて歩いた五木がそう言ったのだ。その五木が、数馬に仕事をさせると言ってきた。

「そうだ。今、手が空いているのはおぬしだけなのだ。これくらいはしてもらわねば困る」

猫の手よりもましだろうという意味のことを、五木が述べた。

「なにをいたせば」

「北町奉行所へ行き……」

訊いた数馬に、五木が語った。

「侍の死体が出ていないかどうかを調べて来ればよろしいのでございますな」

「そうだ」

役目を理解した数馬に、五木が首肯した。

「承知いたしましてございまする。ただちに用意を調《ととの》え、行って参りまする」

うなずいて数馬は、長屋へ戻ろうとした。

「待て」

五木が止めた。

「町奉行所へ行く前に、勘定方《かんじょうかた》へ寄っていけ」

「勘定方へ……」

数馬が首をかしげた。

「金だ。金を受け取るのだ。町奉行所に相手をしてもらうには、相応なまねをせねばならぬのだ。話を聞くだけならばただでもできるがな、江戸市中の自身番や番屋、大番屋がいくつあると思う。そのなかから目的のものを探すのだ。かなり手間がいる。なにもなしだと、報告はないの一言で終わるぞ。誰も多くの書付をめくりたいとは思ってないのだ。その労力に見合うだけのものをもらわねば、やる気になるまい」

五木が説明した。

「それをすることで禄《ろく》をいただいているのではございませぬか」

聞かされた数馬はあきれた。

「そうだ。たしかにそうなのだが、人というものは弱い。とくに先の見えない薄禄の者たちは、未来に夢がないのだ。現世利益を求めるようになるものぞ」

五木が説明した。

「北町奉行所についたならば、まず与力の瓦崎《かわらざき》どのを呼んでもらえ。瓦崎どのには、当家の出入りを務めていただいている」

「出入りとはなんでございましょう」

数馬は尋《たず》ねた。

「そうか、それから教えねばならぬのか」

五木が情けなさそうな顔をした。

「出入りとはな、江戸にいる藩士たちが町民たちと揉めごとを起こしたときに、うまく収めてもらうためのものだ。節季ごとに付け届けをし、加賀がかかわっていた事例に手心を加えてもらう。あるいは、表沙汰にせず、内済《ないさい》としてもらう。そのための担当者が、瓦崎どのだ」

「なるほど。ですが、出入りであるならば、すでに代価は渡してあるのではございませぬか」

あらたな金は不要ではないかと数馬が疑問を呈した。

「節季ごとの付け届けは、出入りを維持するためのものなのだ。それ以外になにか頼んだときは、別勘定になる」

五木が頬をゆがめながら述べた。

「なんと厚かましい」

思わず数馬は口にした。

「止《よ》せ。まちがえても御上《おかみ》役人の悪口は言うな。加賀藩が悪《あ》し様《ざま》に罵《ののし》っていたと噂《うわさ》されただけで、殿が苦労される」

「心得ておきまする」

真剣な表情で叱《しか》る五木に、数馬は詫びた。

「では、頼んだぞ」

「はい」

数馬は引き受けた。

長屋に戻った数馬は、稽古で掻《か》いた汗を井戸で洗い流すと、下帯まで取り替えて出かけた。

北町奉行所は常盤橋御門《ときわばしごもん》内にあった。常盤橋御門は江戸城大手門から浅草へ向かう街道を扼《やく》している。その重要性から内廓門《うちぐるわもん》の一つとされ、警備も厳しい。ただし、日中の出入りは町人にも許されており、数馬も咎《とが》められることなく、常盤橋御門を潜った。

「与力の瓦崎どのをお願いしたい。わたくしは加賀前田家で留守居役を務める瀬能数馬と申す」

数馬は奉行所の門番に頼んだ。

「しばし待たれよ」

門番が奉行所のなかへと引っこんだ。

「お目にかかる。このまままっすぐ進まれよ」

「かたじけない」

帰ってきた門番の指示に、数馬は従った。

「こちらへ」

建物の前で小者が出迎えてくれた。

「お世話になる」

「しばし、お待ちくださいませ」

小者が町奉行所の玄関を入った右手の小部屋へと案内した。

中央に大きな火鉢《ひばち》があり、その上に鉄瓶《てつびん》が置かれ、湯気を上げている。その火鉢を囲むように部屋の三方の壁に、腰掛けが作り付けられていた。

「供待《ともま》ちではないか」

数馬は驚いた。供待ちとは主《あるじ》に付き従ってきた家士や中間《ちゅうげん》、小者が待機するところである。

「無礼にもほどがある」

武士を通す場所ではなかった。数馬は憤った。

「……くっ」

思わず座を蹴《け》って帰ろうかと考えた数馬だったが、藩の用できている。勝手なまねはできないと、我慢して座り直した。

「どこだ」

外から声が聞こえた。

「加賀藩からの使いはどこだ」

「こちらでござる」

探しているのが己《おのれ》だとわかった数馬が応答した。

「そこか……これは」

供待ちに入ってきた奉行所の役人が絶句した。

「卒爾《そつじ》ながら、貴殿が町奉行所与力の瓦崎どのでござろうか」

町奉行所の与力は、不浄職ということで目通りできない御家人身分である。それでも直参《じきさん》には違いない。数馬は互角以上の対応を取った。

「いかにも。貴殿は加賀の……」

「留守居役瀬能数馬でございまする」

確認された数馬が名乗った。

「なんという無礼を。どうぞ、こちらへ」

瓦崎があわてて数馬を畳敷きの別室へ案内した。

「案内した者は後できつく罰しておきますゆえ、ご寛容《かんよう》願いたい」

「小者のいたしたこと。お咎めくださいませぬよう」

そう言われてはこう応えるしかない。数馬はもういいと許すしかなかった。

「かたじけなし。で、本日のご用件は」

「三日前よりこちらで……」

瓦崎の問いに、数馬は用件を述べた。

「武士の死体でございまするか……」

少し瓦崎が考えた。

「わたくしの記憶している限りでは、思いあたりませぬな」

しばらくして瓦崎が首を左右に振った。

「お役に立てず、申しわけございませぬ」

あっさりと瓦崎が終わりを宣した。

「お届けをお調べ願えませぬか」

そう言いながら、数馬は勘定方から渡された金包みを畳《たたみ》に滑らせるようにして出した。

「…………」

無言で金包みを受け取った瓦崎が手を叩《たた》いた。

「誰か」

「お呼びでございますか」

すぐに若い同心が顔を出した。

「石原《いしはら》か。見習いだがよかろう。ここ三日間に自身番、大番屋から出された届けのなかから武家にかかわるものを持ってきてくれるよう」

「承知いたしました」

石原と呼ばれた若い同心が、小走りに去って行った。

「見習いではございますが、あの者の父親はなかなかに優秀な廻《まわ》り方《かた》同心でございましてな。いずれお役目を継ぐ日のため、ああやって町奉行所の雑用をさせておりまする」

瓦崎が語った。

「なにごとも経験でございまするな」

吾が身と比して数馬も理解した。

「ところで、加賀どののお留守居方は存じあげていると思っておりましたが、貴殿とは初めてでございますな」

「はい。つい先日留守居役を拝命いたしました瀬能数馬でございまする。以後、よろしくお願いいたしまする」

新参の留守居役として、あちこちに挨拶《あいさつ》させられたのだ。数馬は慣れた口調で名乗りをおこなった。

「ごていねいに。年番方《ねんばんかた》与力瓦崎兵衛《ひょうえ》でござる。今後ともによしなにお願いいたします」

あらためて瓦崎が挨拶をした。

「しかし、お若い。おいくつでございますかな」

石原を待つ間、瓦崎が話しかけてきた。

「今年で二十三歳になりました」

「二十三……それはさぞや優秀なお方でございますな」

瓦崎が感心した。

「はあ」

返答に困った数馬は曖昧《あいまい》な対応をした。

「……与力さま」

その後、雑談を続けていた二人のもとへ、石原が帰ってきた。

「あったのか」

石原の手に書付が握られているのを瓦崎が、目敏《めざと》く見つけた。

「一昨日《おととい》、神田の自身番から届け出が上がって参っておりました」

石原が報告した。

「……一昨日か。年番方に、届けはなかなか回って参りませず、なにぶん、例繰方《れいくりかた》の担当でございますゆえ」

言いわけを瓦崎が口にした。

「いいえ。無理のないことでございまする。お調べいただけただけでもかたじけなく思っておりまする」

文句ではなく感謝を数馬は口にした。

「武士が斬り殺されていた……身元を証明するものは何一つない。これだけか」

書付の内容を読んだ瓦崎が石原に尋ねた。

「はい」

石原が首肯した。

「瀬能氏……」

「確認をいたしたく存じまする」

死体を見たいと数馬は頼んだ。

「わかりもうした。石原、瀬能氏を神田の自身番までご案内いたせ」

いきなり見知らぬ武家が自身番に行き、死体があるはずだ出せと言ったところで相手にされるはずもない。瓦崎は石原を案内役にすることで、数馬の便宜《べんぎ》をはかってくれた。

「ご手配痛み入りまする」

数馬は瓦崎に礼を述べて、石原に従った。

「どうぞ」

石原が先導した。

「お手数をおかけする。拙者加賀藩留守居役瀬能数馬でござる。以後、ご昵懇《じっこん》に願いたい」

「見習い同心の石原健之助《けんのすけ》でございまする。わたくしがお役に立てるようになるのは、十年以上先でございますが、よろしくお願いいたしまする」

若いながら石原は、世事に慣れているようであった。

「いやいや、おできになるお方とは、早めにおつきあいを願うのが当然でございまする」

「照れまする」

石原が若者らしくはにかんだ。

「ここでございまする。北町の石原だ。番人はおるか」

数馬に言ってから、石原が自身番に入った。

「これは若旦那《わかだんな》。なんでございましょう。町名主さまに御用ならば、走りまするが」

番人が応じた。

「町名主ではない。三日前だったか、ここに武士の死体が持ちこまれただろう」

「二日前の朝でございましたが、たしかに」

石原の問いに番人がうなずいた。

「その死体を見たい」

「……それが……」

番人がうつむいた。

「どうした。身元が知れるまで一応保管しておく決まりであろう。いつまでもとはいかぬのはわかっているが、二日や三日で埋葬は……」

「大野さまが、一日待って問い合わせがなければ、寺へ運んでいいと」

「臨時廻りの大野さまか」

石原が苦い顔をした。

臨時廻りは町方同心の花形である定町廻《じょうまちまわ》りを長く勤めあげた者が、町奉行の抜擢《ばってき》を受けて任じられる。定町のように特定の縄張りを持たず、奉行直属として、どこにでも出張《でば》ることができる。同心のなかでも経験豊かで力のある者でなければ務まらなかった。

「この時期ですので」

番人が顔をゆがめた。

「その者が身につけていたものなどはないか」

石原が嘆息して、追及をあきらめた。

「それならばここに」

番人が刀と羽織袴《はおりはかま》を奥から取り出した。

「瀬能どの」

「拝見つかまつる」

石原の許しを待って、数馬は遺品に近づいた。

「この羽織は……聞いてきたものと似ている。紋も同じだ」

衣服を検《あらた》めた数馬は、続いて太刀を抜いた。

「打ち合った跡がある」

「へい。仏さまが運ばれて来たとき、刀を右手で握っておいででございました」

呟《つぶや》くような数馬の言葉に、番人が答えた。

「他にはなにもなかったかの」

数馬が番人に訊いた。

「あとは手拭《てぬぐ》いと巾着《きんちゃく》でございまする」

「小刀のようなものはなかったか」

出がけに加賀忍組頭に会った数馬は、忍の懐には独特な形の手裏剣が少なくとも三本忍ばせてあると聞いていた。

「刃物の類《たぐい》は、太刀と脇差だけで」

強く番人が否定した。

「いや、そなたを疑っているわけではない」

数馬は番人を宥《なだ》めた。

「まず当藩の者にまちがいはないかと思われまする。後ほど、詳《くわ》しい者を寄こしますゆえ、遺品を渡してやっていただきたい。そのとき、埋葬していただいた寺もお教え願いたい。その費用もお支払いせねばならぬので」

「へ、へい」

埋葬の金を出すと言った数馬に番人が、ほっとした顔をした。遺品を取りあげて、そのまま知らぬ顔をされては、町内の持ち出しになる。それが避けられた。

「石原どの」

用はすんだと数馬は、石原を促した。

「はい。では、ご苦労だったな」

数馬に首肯して見せた、石原が番人をねぎらった。

「精進落としにおつきあいいただけますか」

自身番を出た数馬が石原を誘った。

「喜んでご一緒いたしましょう」

石原が同意した。

「このあたりで、酒が飲めるところはござらぬか」

「神田明神の参拝客をあてにした茶店でよろしいか」

「けっこうでござる」

「こちらへ」

うなずいた数馬を連れて石原が神田明神へと足を進めた。

神田明神はちょっとした高台にある。その高台へ上る階段の手前に、腰掛けの台を置いた茶店が何軒か並んでいた。主たる客は、参詣の帰りに立ち寄って白湯《さゆ》を飲み、一服していくだけで、茶代といってもびた銭を一枚あるいは二枚ていどしか払わない。金に余裕のある客は、店の葭簾《よしず》のなかに設けられた板の間で、酒を楽しむ。

世が泰平になったおかげで、庶民の生活に物見遊山するだけの余裕が生まれた。そのお陰で茶店ができたのである。ただ、それほど多くの人が利用するには至っていないため、常設の家屋ではなく、葭簾で区切っただけの仮見世《かりみせ》がほとんどであった。

「亭主、酒となにか食いものを頼む」

石原を座らせ、数馬は頼んだ。

「どうぞ。本日はかたじけのうございました」

石原の盃《さかずき》に、酒を注ぎながら数馬は一礼した。

「いや、拙者のような見習いにまでお気遣いをいただき、かたじけのうござる。遠慮なく頂戴いたしまする」

恐縮しながら石原が酒を口に含んだ。

「城下で見つかった名の知れぬ死体は、いつものように」

己の盃に酒を充《み》たしながら、数馬は訊いた。

「おおむねあのようでございまする。ご存じのとおり、江戸の町屋は町内ごとで区切られておりまする。そして町ごとに町名主がおり、自身番人、御上御用を承《うけたまわ》る手下がおりまする。これらは町内のことにかんして、精通いたしておりまする」

「なるほど。死体が町内の者であればすぐに知れると」

「さようでございまする」

茶屋の主が出した大根の漬けものをかじりながら、石原が続けた。

「しかし、武家は違いまする。武家は町内に住んでおりませぬ。となれば、外からの情報待ちになりまする。情報が入ればよろしいが、いつ入るかなどわかるはずもありませぬ。かといっていつまでも死体を自身番で保管しておくわけにもいきませず……」

「たしかに。死骸は腐りまする」

数馬は理解を示した。

「ほとんどの場合、身元が知れることはなく、やむを得ず、葬《ほうむ》るという形になりますので」

「いや咎めておるわけではございませぬ。藩士の死んだ状況を調べ、家を存続させるかどうかを決めなければなりませぬ。戦って負けたのならば、情状酌量されましょうし、無抵抗であったならば、武士として恥ずかしいとなり、お家断絶の沙汰がおりましょう」

数馬が適当な理由を付けたが、それも真実であった。

武士は戦う者である。もちろん、腕の差や奇襲を受けたなどの状況で、生き残れるかどうかは別の話になるが、戦う意志を見せたかどうかが問題であった。

もちろん、当事者が死亡してしまえば、戦う気があったかどうかなどはわからなくなる。そこで、刀を抜いたかどうかで判断することになった。

「今回は、どうやら刀を抜いて抵抗していたようなので、さして問題になるとは思えませんが、これもまあ役目でございまする」

気に入らないこともあるだろうが、辛抱してくれと数馬は石原に告げた。

「承知いたしておりまする」

石原が首肯した。

小半刻《こはんとき》（約一時間）ほど、酒を酌《く》み交わし、数馬は石原と別れた。

「今後ともに親しくおつきあいを願いまする」

別れ際に数馬は、金包みを石原の手に握らせた。

「これは、お気遣い感謝いたしまする」

一瞬驚いた顔をした石原だったが、すぐに懐《ふところ》へ金包みを仕舞《しま》った。

「では、これにて」

茶店の前で、数馬は石原と別れた。

# 四

屋敷へ戻った数馬は、加賀忍の組頭の出迎えを受けた。

「瀬能さま」

「おそらくまちがいないと思う」

報告を求められた数馬が告げた。

「さようでございますか」

組頭は顔色一つ変えなかった。

「遺体はすでに埋葬されておる。幸い、遺品は神田の自身番に保管されていた。衣服と大小、小銭の入った巾着《きんちゃく》であった」

「手裏剣は」

「らしきものはなかった」

確認された数馬は、首を左右に振った。

「遺品の引き取りの手配はすませてある。あとは埋葬費だけを持って行けばいい」

「…………」

組頭が黙った。

「金ならば、これを遣え」

勘定方から渡されていた包金用《つつみがね》の金の残りを、数馬は組頭へ渡した。

「かたじけない」

喜色を浮かべて、組頭が受け取った。

「御免《ごめん》」

踵《きびす》を返した組頭を見送って、数馬は留守居控《ひかえ》へと戻った。

「戻りましてございまする」

数馬が帰ってくるのを五木は待っていた。

「出かけねばならぬ、手短く報告いたせ」

五木が求めた。

「……このような次第でございました」

町奉行所に着いてから、石原と別れるまでを数馬は詳細に語った。

「ご苦労であった。もう忍組頭には告げたのだな」

「はい」

確認された数馬はうなずいた。

「では、留守居役としての役目は終わりだ。さて、瀬能。なぜ町奉行所の小者が、おぬしを供待ちに案内したのか、その理由はわかったか」

「……金でございましょう」

金を受け取った瓦崎の対応を見たのだ。数馬もなにがたらなかったのか、わかっていた。

「そうだ。覚えておけ。役人に近い者には、たえず金を遣え。小者であろうが、妻であろうが、妾《めかけ》であろうが、そこからどう話がうまく転がるかわからぬからな。なによりも、邪魔をしなくなるだけでも意味がある」

五木が諭《さと》した。

「わかりましてございまするが、留守居役とは金のかかる役目でございますな」

数馬は嘆息した。

「剣もいいが、金も遣えるよう、稽古しておけ。では、行ってくる」

時間だと五木が控え室を後にした。

遺品を神田の自身番から引き取ってきた組頭が、用人を通じて綱紀への目通りを願い出た。

忍の身分は低いが、隠密の任など、直接藩主に報告しなければならないこともあり、目通りと直答が許されていた。

「手裏剣がなかったと」

報告を聞いた綱紀が確認した。

「はっ」

組頭が認めた。

「使ったのではないのか」

「かも知れませぬが……」

「付近を探してみよ」

「すでに三名行かせておりまする」

綱紀の命《めい》に、手抜かりはないと組頭が答えた。

「遺体の傷を確認せよ」

「寺に布施を握らせ、改葬したいのでと先ほど手配をいたしました」

「さすがである」

組頭の素早い手配りを綱紀は褒めた。

「だが、報告を怠《おこた》ったのは、罰せざるをえぬ」

「はい」

綱紀の弾劾《だんがい》を組頭は受け入れた。

「組頭の任を解く。死した加賀忍の家は断絶とする」

「…………」

厳しい裁定に、組頭は無言で平伏した。

「下がれ。委細がわかり次第報告せよ。今度隠しごとをするようならば、加賀忍すべてに罰を与えることになるぞ」

「重々承知いたしております」

組頭が下がった。

「五木が戻り次第、吾《わ》がもとへ」

綱紀が五木を呼び出した。


留守居役の宴会でも喪が明けたとはいえ将軍が死んだばかりである、すぐに従来どおりとはいかない。同格組合の会合に出ていた五木は、夕刻まで飲み食いをして、妓《おんな》を抱き、泊まらずに藩邸へと戻ってきた。

「殿のお呼びである」

戻った五木に同僚が報せた。

「わかった」

首肯した五木が、綱紀の前へ伺候《しこう》した。

「加賀忍が死んでいた件は聞いたか」

「はい。詳細はまだでございますが」

問われた五木が答えた。

「先ほど、加賀忍の死体を瀬能が検案して来た報告を受けた。斬り殺されていたようだ。そして手裏剣が消えていた」

綱紀が告げた。五木が帰ってくる直前に、手裏剣の行方《ゆくえ》を探していた加賀忍が戻り、綱紀へ報告をあげていた。

「物盗りではございませぬな」

綱紀の言葉に、五木が難しい顔をした。

「当たり前だ。辻斬りや強盗あたりに殺されるような者など、加賀忍と言えぬわ」

吐き捨てるように綱紀が述べた。

「手裏剣がなくなっていたそうでございますが……」

「それがよくわからん……」

綱紀が困惑した。

「手裏剣は武器だ。使えばなくなる。忍の組頭に問うたところ、鉄の手裏剣は高価で、なかなかに使い捨てられぬという。また、重いため、それほどの数を持ち運べないとのことだ。命の危機となれば、高いとかどうとかなどは言ってられぬであろう。また、数が少ないから、すぐに使い切ってしまうのもわかる。殺された加賀忍が身につけていなかったところで不思議ではないのだが……」

「周囲の捜索は」

「させたが、見当たらなかった」

五木の問いに、綱紀が答えた。

「使った跡はない……盗んだところで手裏剣など売れませぬし」

わからないと五木が首をかしげた。

「考えてもわからぬわ。ところで、家綱さまの死去の影響はどうだ。いや、館林徳川綱吉どのが五代将軍となられることへの反響はいかがであるか」

綱紀が訊いた。

「どことも慌《あわ》てておりまする。一時、宮将軍が決定しかかりましたゆえ、気の早い藩などは京へ使者を出し、有栖川宮さまに贈りものをしたところもあったようで……」

「それはまずいな。宮将軍に媚《こ》びたとあっては、綱吉さまのご機嫌を損ねかねぬ」

五木の話に、綱紀が小さく首を振った。

「加賀は大事ないであろうな」

「ご安心を」

綱紀の懸念を五木が否定した。

「当家は、殿のご一件で、それどころではございませなんだ」

「だな」

綱紀が苦笑した。

「殿……」

部屋の外から声がかかった。

「誰か」

「新たに加賀忍江戸組頭に任じられました草枕《くさまくら》一柳《いちりゅう》めにございまする。死体の改葬に出ていた者が帰って参りましたゆえ、ご報告に」

誰何《すいか》に新しい加賀忍組頭が名乗った。

「どうであった」

待っていたと綱紀が急《せ》かした。

「刀傷でございました。一撃で致命傷になったかと。武芸未熟な者をお役につけておりましたことをお詫びいたしまする」

申しわけなさそうに草枕が頭を下げた。

「傷で相手がなにものか、わからぬのか」

「特徴のある刃物ではなく、ごく普通の切り口であったとのことで……」

訊いた綱紀に草枕が答えた。

「わかった。下がれ。しばらく加賀忍は禁足いたせ」

「はっ」

江戸屋敷から出るなという綱紀の命に、草枕が頭を廊下にこすりつけた。

「五木、どう思う」

「一撃で加賀忍を仕留めるとなれば、相当な遣い手でございましょう」

「だな」

「それがなんのために手裏剣を奪ったのか……」

「手裏剣はご禁制だ。持っているだけで、忍とわかる。それを嫌ったとは考えられぬか」

鉄炮《てつぽう》と違い、音の出ない手裏剣は暗器扱いであり、幕府はその使用に制限をかけていた。

「まるで殺された忍をかばうようなまねでございますな」

綱紀の考えを五木は肯定も否定もしなかった。

「五木、どうやらまだ騒動は終わっていなかったようだな。直作が襲われた件も含めて、気を付けよ」

「後手に回らぬよう、精進いたしまする」

主君の注意に、五木が首肯した。

# 第五章　大老最後の策

## 一

いかに将軍世子とはいえ、養父でもある兄の喪中に女を抱くというわけにはいかなかった。

「伝《でん》……」

家綱の四十九日が明けた綱吉は、すぐに神田館《かんだやかた》へ人をやり、愛妾《あいしょう》であるお伝の方を西の丸大奥へと呼んだ。

「殿さま」

お伝の方が、綱吉の身体《からだ》にしなだれかかった。

「寂しかったぞ、伝」

「わたくしも、殿にお会いしたくて、毎日、泣いておりました」

二人が顔を見合わせて、唇《くちびる》を近づけた。

綱吉との間に徳松《とくまつ》、鶴姫《つるひめ》という二人の子供を儲《もう》けていることからもわかるように、お伝の方への寵愛《ちょうあい》は深い。

「よろしゅうございましたので……御簾中《ごれんちゅう》さまよりも先に、わたくしをお召しになられて」

事後の荒い息のなかから、お伝の方が綱吉に問うた。

「信子《のぶこ》か」

お伝の方の上から降りて、満足げな顔をしていた綱吉が、眉《まゆ》をひそめた。

「あやつは、呼んでも来ぬ」

綱吉が吐《は》き捨《す》てた。

信子とは、綱吉の正室である鷹司《たかつかさ》信子のことである。左大臣鷹司教平《のりひら》の娘で十四歳のとき、綱吉のもとへ嫁してきた。

「気位ばかり高い女は好かぬ」

綱吉が頬《ほお》をゆがめた。

信子の兄房輔《ふさすけ》は関白、妹の房子《ふさこ》は霊元《れいげん》天皇の中宮《ちゅうぐう》である。まさに、鷹司一門は京の朝廷において、我が世の春を謳歌《おうか》していた。

そんななか、信子は徳川の一門とはいえ、二十五万石従三位宰相《じゆさんみさいしよう》でしかない綱吉の妻として、京を遠く離れた関東へやられた。その不満を信子は、綱吉に向けていた。媚《こび》を売らぬ妻に綱吉は興味を失い、夫婦の仲は冷えたままであった。

「声一つあげぬ女など、抱く気にもならぬ」

綱吉が嘆息した。

信子は、綱吉との婚姻《こんいん》が朝幕一体のためと理解している。ために、閨《ねや》を訪れた綱吉を拒むことはないが、甘えることも悦《よろこ》ぶこともしなかった。

「その点、そなたは、乳を吸えばもだえ、挿《い》れれば鳴く。反応が激しくて愛《いと》おしいぞ」

「なにを……」

秘め事の最中の話をされたお伝の方が真っ赤になり、夜具を頭から被《かぶ》った。十三歳で綱吉のもとにあがったお伝の方は、今年で二十三歳、側室として十年仕えている。その十年の間に二人の子を産んでいた。それでも初めのころと変わらぬ恥じらいを失っていなかった。

「その仕草《しぐさ》もたまらぬ」

綱吉が夜具を取りあげて、もう一度お伝の方にのしかかった。

「今年で三十五歳になられるが、お元気なものだ」

西の丸大奥の天井裏で戌川《いぬかわ》が感心していた。

「他にすることがないからであろう」

如月《きさらぎ》が感情のこもらない声で応じた。喉《のど》の奥を使った発声法は、心得のない者には、音として聞こえない。

「働かなくても喰《く》える……」

「ああ。己《おのれ》はなんの手柄もないのにの。先祖に神君家康さまがいるというだけで、明日の米の心配をせずともよく、美形の女を孕《はら》まし放題だ。生まれた子は、男でも女でも、大名へ押しつけられる」

「我らは三人目から水にするというにな」

戌川と如月の表情が変わった。幕臣最下級の同心では、三人の子を養うのは厳しい。なにより、跡取り以外の子供に生計《たつき》の道を与えてやれない。他家へ養子に行ければいいが、伊賀者は伊賀者としか交流しない。百家に満たない伊賀者同心では、そうそう養子の口もなかった。

「やるぞ。女とまぐわっている最中に死ぬるのだ。男の死にかたとしてこれ以上はあるまい」

「だな」

如月の皮肉に、戍川が加賀忍《かがしのび》から奪った手裏剣《しゅりけん》を構えた。

「待て」

不意に制止の声がした。

「…………」

「なっ……」

一瞬驚愕《きょうがく》した二人だったが、すぐに左右に散った。

「結界のなかに入りこんだからといって、油断しすぎだ」

天井裏の暗がりから、忍装束《しのびしょうぞく》が浮いた。

「その声は、組頭《くみがしら》」

如月が気づいた。

「遅いわ。最初の声でわからぬか」

組頭が叱《しか》った。

「どうして……」

「気づかれていないとでも思ったのか」

呆然《ぼうぜん》としている戌川に、組頭があきれた。

「如月が、雅楽頭《うたのかみ》さまから命《めい》を受けたときから知っておるわ」

「えっ……他に影はなかったはず」

如月が戸惑った。

「わからぬのも無理はない。組頭と小頭《こがしら》にだけ報《しら》されている隠し場所があるのだ、御《ご》座《ざ》の間《ま》にはな」

組頭が告げた。

「我らにも教えられぬ場所が……」

「伊賀は叛乱《はんらん》の過去があるからな」

驚く如月に、組頭が苦く告げた。

二代将軍秀忠の御世、四谷《よつや》の組屋敷に近い長善寺《ちょうぜんじ》に籠《こ》もり、伊賀組は待遇改善を訴えた。説得に応じなかった伊賀者の行動は謀叛《むほん》とされ、旗本数千人が動員される騒動にまで発展した。忍の技を駆使して、長く旗本たちを翻弄《ほんろう》した伊賀者であったが、食料や武器の欠乏には勝てず、降伏した。幕府は、首謀者だけを罪に問い、その他の伊賀者を許した。

「あれ以降、幕府は伊賀者を警戒し続けている。小頭になったらそなたたちもわかる」

詳細を組頭は語らなかった。

「…………」

如月がわずかに四肢《しし》へ力をこめた。

「警戒するな。雅楽頭さまの命を受けたことは、いたしかたない。雅楽頭さまの言いぶんは正しい。まだ、伊賀者に対する権は、雅楽頭さまにある。心配するな、そなたたちに咎《とが》めはない」

安心させるように組頭が言った。

「任の性格上、親兄弟、上司同僚にさえ内容を語らないのもしきたりどおりだしな」

まったく問題はないと組頭が認めた。

「では、なぜ……」

阻止しに来たのかと如月が問うた。

「綱吉さまに江戸城中で死なれては困る。城中の忍警固《しのびけいご》は、我ら伊賀の任ぞ。そこで将軍世子が害されてみろ、伊賀者不要の論が沸《わ》くぞ」

「……ですが、これは大老のご命でございまする」

如月が難しい顔をした。

「わかっている。とはいえ、ご大老さまも終わりだ」

「…………」

返事がしにくい。如月は沈黙した。

「まさかと思うが、綱吉さまを亡き者にすれば、酒井雅楽頭さまが復権なさるなどと考えておらぬだろうな」

組頭の口調がきつくなった。

「違うのでございまするか」

手裏剣を手にしたまま、戌川が問うた。

「無理もないか」

小さく組頭が息を吐《つ》いた。

「儂《わし》はずっと御座の間に潜《ひそ》んでいた。ゆえに雅楽頭さまの独《ひと》り言《ごと》を聴けた。雅楽頭さまは、五代将軍がどなたになろうが、身を退かれるおつもりだ。いや、どうやら密かに家綱さまに殉《じゅん》じるお気持ちである」

「なっ……」

「それは」

如月と戌川が呆然《ぼうぜん》とした。

「まちがいない。儂がこの耳で聴いた」

「…………」

ふたたび如月が沈黙した。

「なし遂げれば、約束した褒賞《ほうしょう》はくださるだろう。だが、そのあとの庇護《ひご》はない」

冷静に組頭が述べた。

「伊賀組の名前に傷をつけたおぬしたちを、他の者が許すかの。お役目ゆえ殺しにかかりはせぬが、白眼視は覚悟しなければなるまい」

「村八分」

戌川が息を呑《の》んだ。

伊賀者は、その成り立ちからして、世間と隔絶していた。忍の技は門外不出であり、その任の性格上、外部との接触は厳禁される。伊賀者は未《いま》だ、天下の城下町江戸で、組屋敷の敷地内だけという、山奥の故郷と同じ狭いところで生きていた。

もし、組内で孤立すれば、嫁ももらえず、仕事で組んでくれる者もいなくなる。一人仕事、手助けがいない任は、失敗しやすくなるだけでなく、逃げ道を確保してくれる者がいないため、命の危険も高まる。

「酒井雅楽頭はあと二ヵ月。そして伊賀は永遠《とわ》。わかるな」

組頭が諭《さと》した。

「ですが、雅楽頭さまの命を受けてしまいました」

如月が反論した。

「襲うなとは申しておらぬぞ」

「えっ……」

組頭の応えに、如月が目を剝《む》いた。

「幸い、戌川が手にしているのは、加賀忍の手裏剣だ。それを遣《つか》って失敗すればいい」

「……へっ」

戌川が間抜けな反応をした。

「わからぬか。加賀忍が綱吉さまを襲った。が、我ら伊賀者の奮闘で、ことは防がれた。こうすれば、伊賀者の名前には傷が付かぬであろう」

組頭が説明した。

「それでは、雅楽頭さまがご納得されませぬ」

如月が否定した。

「いいや、納得するさ」

組頭が小さく笑った。

「加賀に襲撃の責を押しつけられる。綱吉さまと堀田備中守《びっちゅうのかみ》さまの怒りは、加賀に向く。それだけで雅楽頭さまは辛抱される」

「そうとは思えませぬが」

如月が組頭の言葉に首を左右に振った。

「大丈夫だ。雅楽頭さまは、常軌を逸《いっ》しておられる。家綱さまへの思いが強すぎ、今、なにをすべきかがわかっておられぬ」

組頭が断じた。

「今、雅楽頭さまがなさることは、家綱さまの御世におこなったことで、綱吉さまや堀田備中守さまにほじくり返されてはつごうの悪いものを隠蔽《いんぺい》する、あるいは破棄することだ。後々失政の証《あかし》として、あげつらわれぬようにする。穴さえなければ、突かれることはないからな。それが、先代の寵臣《ちょうしん》の任。こうすることで、己《おのれ》の身を守り、子孫を保護する。なにより、政《まつりごと》を任せてくださった家綱さまの名誉に傷を付けぬ。あのような失政をする者をお使いであったと言われないよう、しっかり後始末をすることが肝心。いや、先代の寵臣が殉死《じゅんし》する前になさねばならぬことだ。最初はわかっておられたが、綱吉さま、堀田備中守さま憎しで頭に血がのぼってしまわれた」

溜息《ためいき》を吐きながら、組頭が続けた。

「あのような一夜にて大逆転を喰《く》らっては、茫然自失《ぼうぜんじしつ》して当然。無理ないとは思うが、それを防げてこそ、大老だろう。大逆転を喰らったのはしかたないとしても、今の周りさえ見えていない状態では、草葉の陰の家綱さまも浮かばれまい」

組頭が酒井雅楽頭を非難した。

「沈みゆく船に乗る意味はないぞ」

暗に報酬《ほうしゅう》に釣られるなと組頭が、如月に言った。

「わかりましてございまする」

戌川が納得した。

「おい……」

如月が戌川を見た。

「金は欲しいが、組から外されるのは御免《ごめん》だ。なにより、背中を取られたのだ。否《いな》やは死だ。金も生きていればこそだぞ」

戌川がはっきりと言った。

「その通りだが……失敗したと報告するのは、吾なのだぞ」

気詰《きづ》まりだと如月が述べた。

「報告などせずともよい」

組頭が口を挟んだ。

「任の成否は、なによりも報告せねばならぬ。これが、伊賀の掟《おきて》でございましょう」

如月が言い返した。

「たしかに、そうだ。伊賀者は命をかけて敵地に忍び、そこで任をおこなう。任が成功したならば次の一手を考えなければならぬ。失敗したならば、どうやって穴埋めをするかを思案しなければならぬ。状況で打つ手が変わるゆえ、正確な報告は必須だ。だが、今回に限っては不要だ。成功したならば、報酬をもらわねばならぬゆえ、報告しなければならぬが、失敗では叱《しか》られるだけで、得るものはない。なによりも、西の丸で騒動があり、綱吉さまが無事だとわかれば、策が失敗したとわかるだろう。そこから先をどうなさるかは、伊賀にかかわりのないことだ。伊賀は一人の上様のためにあるのではない。ましてや家康さまの血を引きさえもせぬ一大名の恨《うら》みを晴らすための道具など御免だ。我らは徳川が続く限り、その裏を守りつづける者よ」

もう組頭は、酒井雅楽頭を切り捨てていた。

「わかりましてございまする」

如月が折れた。

「では、始めるぞ。戌川、手裏剣を構えろ。いいか、綱吉さまにもお伝の方さまにも当てるなよ。枕を狙えるか」

「大丈夫でございまする。手に入れてから、何度も練習いたしましたので。おかげで残りの二つは潰《つぶ》してしまいましたが」

戌川が自信を見せた。

「如月、天井板をずらせ」

「はっ」

組頭の合図で、如月が天井板に一寸（約三センチメートル）ほどの隙間《すきま》を作った。

「投げたら逃げろ。儂が追う。戌川は伊賀者番所へ戻れ。如月、そなたは組屋敷まで帰り、当分外に出るな。雅楽頭さまの呼びだしなどあっては面倒だ」

「はい」

「承知」

戌川と如月が首肯《しゅこう》した。

「行けっ」

「…………」

組頭の指示で、戌川が手裏剣を撃った。

お伝の方の上にのしかかっていた綱吉の頭上をかすめて、手裏剣が枕に突き刺さった。その勢いで枕が跳ねた。

「曲者《くせもの》」

合わせて組頭が声をあげた。

「な、なんだ」

綱吉が混乱した。

「と、殿」

お伝の方が、吹き飛んだ枕に目をやって、絶句した。

「どうした、伝」

綱吉がお伝の方の目の先を追った。

「ひえっ」

深々と枕を突き破った手裏剣に綱吉が腰を抜かした。

「いかがなされましたか」

お伝の方についてきた中﨟《ちゅうろう》が、あわてて閨へ飛びこんできた。

「と、殿さま」

中﨟が震えている二人に驚いた。

「よ、吉保《よしやす》を呼べ」

綱吉が、叫んだ。

## 二

西の丸大奥は大騒動になった。

「お召しゆえ、ご無礼つかまつる」

綱吉が西の丸に移ってからずっと宿直《とのい》していた柳沢吉保が、駆けつけてきた。

西の丸とはいえ、大奥は男子禁制である。ただし、天災や危急の場合などで将軍の身に万一のことがありそうなときは、別であった。

「殿、ご無事でございまするか」

柳沢吉保が、綱吉のもとへと近づいた。

「あ、あ、あ。よ、吉保か。それが……」

綱吉が枕を指さした。

「これは……」

枕を確認した柳沢吉保が、天井を見あげた。

「あそこか」

わずかな隙間を柳沢吉保は見逃さなかった。

「…………」

無言で手裏剣を抜いた柳沢吉保が、その刃を灯にかざして見せた。

「毒はないな」

刃先が濡れていないと確かめてから、柳沢吉保が手裏剣を手拭いに包み、懐《ふところ》へ仕《し》舞《ま》った。

「殿、ただちに殿上《でんじょう》の間《ま》へお戻りくださいませ」

あたりに目を配りながら、柳沢吉保が勧めた。

「わ、わかった」

大きく綱吉が首肯した。

「た、立ち上がれぬ」

「御免」

腰の抜けた綱吉を柳沢吉保が抱きかかえるようにして支えた。

「お伝の方さまを、局《つぼね》へ」

「は、はい」

中臈がうなずいた。

殿上の間に綱吉を送り届けた柳沢吉保は、離すまいとしがみつく綱吉を宥《なだ》めすかして、遠侍《とおさむらい》の間へと向かった。

「殿が曲者《くせもの》に襲われた。幸いお怪我《けが》もないが、一同、殿上の間の警固《けいご》をいたせ」

「承った」

宿直番で詰《つ》めていた小姓番《こしょうばん》たちが、走って行った。

「伊賀者、おるか」

他人がいなくなるのを待って、柳沢吉保が声をかけた。

「これに……」

「…………」

声のした方向に目をやった柳沢吉保は、背後に気配を感じて振り向いた。

「御広敷《おひろしき》伊賀者組頭林洞見《はやしどうけん》でございまする」

忍装束《しのびしょうぞく》が名乗った。

「柳沢吉保である」

「存じあげておりまする」

名乗り返した柳沢吉保へ、林がうなずいた。

「委細を申せ」

柳沢吉保が詰問《きつもん》した。

「恥ずかしき仕儀ながら、西の丸の天井裏に侵入を許しましてございまする。幸い、手裏剣を放つ寸前に見つけ、阻止いたしました」

「阻止……殿の枕に突き刺さっていたぞ」

林の言葉に、柳沢吉保が怒った。

「我らの制止で、手裏剣の筋がずれた結果でございまする」

「手柄だというか」

まだ誇らしげに続ける林を、柳沢吉保が睨《にら》みつけた。

「当たらなければどうというわけでもございませぬ」

「ふざけるな。殿に怖ろしい思いをおさせ申したのだぞ」

柳沢吉保が怒鳴《どな》った。

「西の丸さまに毛ほどの傷でもお付けいたしましたならば、この首差し出すのに否やはございませぬ」

「伊賀者は大奥の守りであろう」

「はい。ではございますが、ここまで敵を入れたのは、伊賀者ではございませぬ。まず、内廓《うちぐるわ》全体を警固するのは、甲賀者《こうがもの》の任。そして西の丸御殿は西の丸小姓番《こしょうばん》どのの担当。我ら伊賀者に、罪があるというならば、あちらにもございましょう」

「……ううむ」

正論に柳沢吉保が唸《うな》った。

「もちろん、防いだからといって手柄だとは申しませぬ。お近くまで侵入させたのは、我らの落ち度でござる」

「さようだ」

引いた林に、柳沢吉保が勢いづいた。

「ですが、西の丸は本丸の控え。我らも本丸の警固が主たる任で、西の丸へそれほどの数は出せませぬ」

「…………」

言いわけを認めないと、甲賀者、西の丸小姓にも罪は及ぶ。柳沢吉保が、大きく息を吸って落ち着こうとした。

「責任の問題は、あとだ。それより、曲者はどうした。捕まえたのであろうな」

「ただいま追わせておりまする」

「なにをしておる」

柳沢吉保がふたたび声を張りあげた。

「……いや、捕まえられるのだな。かならず正体をあきらかにし、誰の手か聞き出さねばならぬ」

「正体ならば知れておりまする」

「なんだと。申せ」

「その手裏剣でございますが……御免を」

断りを入れた林が、懐から棒《ぼう》手裏剣を取り出した。

「これが我ら伊賀者の遣う手裏剣でございまする」

「貸せ」

受け取った柳沢吉保が、手拭いに包んでいた手裏剣を出し、二つを比べた。伊賀の手裏剣は、鉄の棒の先を単に尖《とが》らせただけである。対して、綱吉の枕元に刺さっていたものは、太く鎗《やり》の穂先のような形をしていた。

「違うな。これはどこの忍が遣うものだ」

「わたくしも初めて見ましたが、これこそ噂《うわさ》に聞く加賀忍の手裏剣かと」

「加賀だと……違いないな」

柳沢吉保が絶句した。

「おそらくは」

林が確定を避けた。

「わかった。なんとしてでもこれを遣った者を捕らえろ」

「はっ」

命を受けた林が、軽々と跳び上がり、桟《さん》を使って天井裏へと消えた。

「忍とはおそるべしだな。静かに近づかれたならば、わからぬ。今回は、よくぞ殿がご無事であったと喜ばねばならぬ」

柳沢吉保が、林の身のこなしを恐れた。


どれだけ秘そうが、騒動は翌朝には本丸に知れ渡っていた。

御用部屋は朝から綱吉襲撃の一件で大騒ぎであった。

「伊賀者が防いだが、下手人には逃げられた。その下手人が遣った手裏剣が、これでござる。確定は早計でござるが、北陸《ほくりく》の忍が遣うものに近いと伊賀者から報告がござった」

どことは明言しなかったが、堀田備中守の意図は御用部屋全体に伝わった。

「加賀でござるか」

大久保加賀守が口にした。

「まだそうと決まったわけではございませぬゆえ、あまりお口になさるのはよろしくございますまい。加賀の前田は秀忠《ひでただ》さまのお血筋でござる」

堀田備中守がたしなめた。

「さようでござった」

あわてて大久保加賀守が口を噤《つぐ》んだ。

「失敗したとは、なさけない」

綱吉が無事と知った酒井雅楽頭が、苦い顔をした。

「もう少し手を増やさせるべきだったか。いや、今さら悔《く》やんでも意味がない。それよりも加賀の仕業に見せつけたことを利用せねば」

災い転じて福とする。いや、災いを受けて、すぐに最善の手を打つ。それができなければ、執政はできなかった。地震や火山の噴火の天災を防ぐことはできない。問題は起こったときに、どれだけ早く有効な対応ができるかなのだ。世間と一緒になって、被害の大きさに嘆いているだけでは、執政とはいえない。越後《えちご》騒動、伊達《だて》騒動と天災ではなかったが、幕府を揺るがすほどの大事件を、的確に処理し、家綱の名前に傷一つ付けなかった酒井雅楽頭である。

「加賀と備中を嚙《か》ませるしかない」

綱吉が将軍宣下を受けるまであと二ヵ月ほどしかない。酒井雅楽頭は、急いで御用部屋を出て行った。

「どうなされたのであろうな」

普段と違った慌《あわ》て振りの酒井雅楽頭に、大久保加賀守《かがのかみ》が首をかしげた。

「上様がお亡くなりになられた衝撃が、まだ抜けておられないのだろう」

稲葉美濃守《みののかみ》が推測を口にした。

「政は待ったなしなのでござるが……」

将軍が代わろうが、死のうが、民には関係なかった。一緒に喪《も》に服していては飢《う》える。四十九日も田畑に出なければ、田も畑も雑草だらけになるか、水不足で枯れ果てる。それこそ、将軍が危篤《きとく》でも、百姓は田畑の面倒を見なければならないのだ。

商人は百姓ほど厳密ではなく、一日や二日店を休んでもさしたる問題にはならない。とはいえ、十日も休めば商売は成りたたなくなるし、物流が止まり人々の生活が壊れる。さらにその日稼ぎの行商人など、三日も商いに出られなければ日干しになる。

これらがわかっているからこそ、音曲停止《おんぎよくちようじ》、普請《ふしん》停止を命じておきながら、幕府は細々としたところにまで口を出さず、黙認という形を取っている。

これも政であった。

人が生きているだけで、政は要《い》る。人が二人寄れば争いが始まり、それを裁くための法が要りようになる。法ができれば、それを運用し、遵守《じゅんしゅ》させる手段も考えなければならない。一つのことが、いくつにも分散していくから、政はややこしい。当然、施政を統轄《とうかつ》する大老、老中は多忙になる。

その政を酒井雅楽頭が放棄した。

「上様のご寵愛《ちょうあい》で執政衆筆頭として君臨してこられたのだ。上様がいなくなられれば、やる気を失われるのも無理はないが……」

困ったものだと稲葉美濃守が首を左右に振った。

「美濃守どの。雅楽頭どのが、担当しておられた案件を、わたくしが引き継ぎましょう」

堀田備中守《びっちゅうのかみ》が手をあげた。

「そうしていただけるとありがたいが……雅楽頭さまの許諾《きょだく》をえぬと」

政には秘事が多い。そのほとんどは、執政衆で共有しているが、なかには個人で握りこんでいるものもあった。

「あのご様子では、意味ございますまい」

堀田備中守が、冷たい顔をした。

「……たしかに」

稲葉美濃守が、堀田備中守の態度で、その真意がどこにあるか気づいた。堀田備中守は酒井雅楽頭を排除するための失政を探そうとしていた。

「お願いいたしましょう」

岳父とはいえ次代の寵臣《ちょうしん》に逆らうのはまずい。稲葉美濃守が折れた。

「承った。坊主、書付《かきつけ》や資料を、余の席へ」

うなずいた堀田備中守が、御用部屋坊主へと命じた。

御用部屋は、執政ごとに屏風《びょうぶ》で仕切られていた。この仕切りのなかへ許しなく入ることは、同僚の老中でも許されなかった。とはいえ、墨《すみ》を磨《す》ったり、書類を運んだりの雑用をこなす者は要る。そこで世俗から離れた者として禿頭《とくとう》の御用部屋坊主だけは、仕切りのなかへの出入りが認められていた。

「……これですべてでございまする」

小半刻《こはんとき》（約一時間）ほどかかって、ようやく御用部屋坊主が酒井雅楽頭の仕事を堀田備中守のもとへと移し終わった。

「ご苦労であった。反故紙《ほごし》はどうした」

ざっと目を通した堀田備中守が問うた。

「反故紙は不要かと思い、処分をいたしましたが、お入り用でございまするか」

言われた御用部屋坊主が、窺《うかが》うような目で堀田備中守を見上げた。

「当たり前だ。反故といえども参考になる。ただちに取り返して参れ」

「は、はい」

次の大政参与の指示である。御用部屋坊主が大急ぎで出ていった。

「ふん」

鼻を鳴らした堀田備中守が、仕切りのなかを埋め尽くした書付などを見回した。

「かならず探し出してやるぞ、きさまの穴を。まずは加賀の繋《つな》がりだな」

堀田備中守が主《あるじ》の居なくなった酒井雅楽頭の仕切りを睨んだ。

「ようやく手にした堀田家再興の手蔓《てづる》。その綱吉さまを害そうなどと企《たくら》んだのが、おまえたちだとわかっているのだぞ」

低い声で堀田備中守が呟《つぶや》いた。

「綱吉さまに行くべき将軍位に手出しをした。拒んだとはいえ、綱吉さまに取ってかわるなど僭越《せんえつ》も甚々《はなはだ》しいわ。証《あかし》なしで大老と百万石を潰すわけにはいかぬ。とはいえ、なにも返さぬと思うなよ。こちらにも手立てはある。五代綱吉さまの御世に、酒井も前田も不要だ。どちらも家を潰される苦しみを見せつけてから、首を落としてやる。禄《ろく》を奪われた家臣たちの恨《うら》みと嘆きを目の当たりにしながら、死んでいけ」

堀田備中守が呪詛《じゅそ》を吐いた。

酒井雅楽頭は、御用部屋を出た足で、留守居溜《るすいだまり》へと向かった。

「坂根《さかね》を呼び出せ」

留守居溜の前の廊下で控えていたお城坊主に、酒井雅楽頭が命じた。

「えっ……雅楽頭さま」

お城坊主が絶句した。

執政衆には御用部屋坊主が付けられている。用があるならば、御用部屋坊主が走り回る。大老が、一人己の足でこんなところまで来ることなどなかった。

「さっさとせんか」

苛《いら》ついた酒井雅楽頭が、お城坊主を怒鳴《どな》った。

「も、申しわけございませぬ」

一度床に頭を打ち付けるほど深く礼をしたお城坊主が、留守居溜の襖《ふすま》を開けた。

「坂根さま」

「おう、なにかの」

なかからのんびりとした返事がした。

「お急ぎを、雅楽頭さまがお呼びでございまする」

「殿が……」

怪訝《けげん》な顔をしながら、坂根がお城坊主に近づいた。

「いつもの黒書院溜《くろしょいんだまり》かの」

坂根が訊《き》いた。

黒書院溜は、将軍が大名や勅使を謁見《えっけん》するための座敷である黒書院の控え室である。来客があるとき、茶の用意をしたりする場所だが、普段は無人であった。庭に突き出すように建てられ、三方が開放されているため、盗み聞きするのが難しく、執政たちが役人と密談するのに利用されていた。

「いいえ。溜の外に」

お城坊主が強く首を左右に振った。

「なんだと」

一瞬、驚いた坂根が顔色を変えて、溜を出た。

「殿」

「坂根、遅いぞ」

「申しわけございませぬ」

廊下に坂根が平伏した。

「下部屋へ参る。供せい」

「はっ」

酒井雅楽頭が進み、坂根が従った。

下部屋は役人たちの休息や着替えをするための控え室であった。多くは役目ごとに設けられているが、老中には個室があてがわれた。

「襖を閉めよ」

下部屋に入った酒井雅楽頭が、坂根に指示した。

「はっ」

入った後、坂根が襖を閉めた。

「近う寄れ」

「…………」

密談とわかった坂根が、無言で膝行《しっこう》した。

「聞いたな」

「西の丸での騒動でございましょうか」

坂根が確認した。

「そうだ。留守居たちの反応はどうであった」

「三々五々、親しい者が集まって話をしておるようでございまするが、噂の域を出ないようでございまする」

雅楽頭の問いに坂根が答えた。

「当然だな。西の丸でのことが、そうそう筒抜けになっては困る」

酒井雅楽頭が首肯した。

「加賀はどうだ」

「話を聞かされたときに、多少驚いたように見えましたが、あとは普段と同じようでございまする」

「加賀に話を告げたのは誰だ」

「お城坊主でございました」

雑用係として城中のどこにでも入れるお城坊主は、いろいろな噂を耳にする機会が多い。その立場を利用して、手に入れた噂を売り歩いていた。

「そうか」

酒井雅楽頭が納得した。

「坂根、お城坊主の噂をそなたも聞いたな」

「はい。西の丸さまの御寝所まで、曲者が忍びこんだとか」

「それだけか」

「わたくしが聞いた話では、そこまででございましたが……」

念を押した主君に、坂根が言いにくそうな顔をした。

「遠慮するな。申せ」

「……西の丸さまを襲ったのは……」

「儂《わし》の手の者だというのであろう」

口ごもった坂根の代わりに、酒井雅楽頭が言った。

「ご存じでございましたか」

坂根が目を剝《む》いた。

「今、西の丸の命を狙うのは、儂ぐらいしかおらぬからな」

酒井雅楽頭が自嘲《じちょう》した。

「まさか……」

「一つ噂に流れていない事実がある」

主君に疑いの目を向けようとした家臣を無視して、酒井雅楽頭が続けた。

「曲者が使った武器は手裏剣で、それは加賀の忍が遣うものに酷似《こくじ》しているらしい」

「……加賀でございまするか」

坂根が繰り返した。

「わかっているな」

「はい」

ここまで言われて主君の意図を理解できないようでは、留守居役は務まらなかった。坂根が首を縦に振った。

「酒井が話の出所だと知られぬようにいたせよ」

「心得ておりまする」

坂根が胸を張った。

本日留守居溜での当番は、五木であった。

幕府の要人、諸藩の留守居役と顔を合わせる留守居控当番は、なかなかに難しい役目である。役人の機嫌を損ねず、他藩の留守居役と交流し、うまく情報を集める。経験豊かなだけでは務まらず、人付き合いのうまさが必須であった。

「五木どの」

持参した昼の弁当を食べていた五木のもとに、顔なじみの留守居役が近づいてきた。

「佐多氏《さたうじ》、少しお待ち願いたい。今、弁当を片付ける」

五木が弁当箱を風呂敷に包んだ。佐多は同格でも近隣でもない。留守居溜で顔を合わせている間に親しくなり、月に一度は酒席をともにするようになって、すでに二年になる。五木にとって、利害がさほどなく、溜で気兼ねなく話せる相手であった。

「申しわけない。なにかござったのか」

片付けを終えた五木が詫《わ》びた。

「…………」

用件を促された佐多が、辺りをはばかった。

「佐多氏……」

異常を感じた五木が表情を引き締めた。

「聞かれたか、噂を」

小声で佐多が尋《たず》ねた。

「西の丸のことなら」

「ではござらぬ。いや、そうなのか」

答えた五木に佐多が戸惑った。

「どういうことでござるのか」

普段の落ち着いた雰囲気とは違う佐多に、五木が怪訝《けげん》な顔をした。

「周りをご覧あれ」

「……周りを……つっ」

佐多に促されて、周囲の留守居役たちを見た五木が息を呑んだ。皆が揃《そろ》って五木を見ていた。

「なにが……」

「朝のうちにお城坊主から出たのが、西の丸で綱吉さまが襲われたが、ご無事であったとの噂」

「い、いかにも」

五木もつきあいのあるお城坊主から教えられた。

「先ほど、別のところから追加の噂が流れて参りました」

「追加ということは、襲撃者の正体でござろうか」

五木が読んだ。

「正体ではございませぬが、襲撃者が綱吉さまを狙った道具が……」

そこで佐多が一度言葉を切った。

「……加賀忍の遣う手裏剣に似ていたそうでござる」

「げっ」

言われた五木が呻《うめ》いた。

「そのようなことは決してございませぬ。当家が西の丸さまに害意をいだくなど」

「わたくしに言いわけをされても意味などございますまい。わたくしは、貴藩がそこまで愚かだとは思っておりませぬゆえ」

顔色を変えた五木を、佐多が宥《なだ》めた。

「溜を見てもおわかりでございましょう。噂はもう拡がっておりまする。今さら止められはしますまい。となれば、少しでも早く藩邸へ戻られ、対応策を練られたほうが」

「さ、さようでございました。お礼は後日。御免」

佐多に促された五木が、あわてて留守居溜を出ていった。その姿を留守居役たちが見つめていた。

「ふん。見事に罠《わな》へはまったな。将軍になりたくない加賀が西の丸さまを襲うはずはない。となれば、これは……」

やはり五木から目を離さなかった小沢が、小さく笑った。

# 三

上屋敷に帰った五木は、急ぎの目通りを綱紀に願った。

「……おのれ。雅楽頭」

五木から経緯《いきさつ》を聞かされた綱紀が罵《ののし》った。

「伊賀者を遣ったな」

「では、加賀忍を襲ったのは、伊賀者だと」

主君の言葉に五木が驚いた。

「そうだ。老中には伊賀者を遣う権がある。もちろん、大老にもだ」

綱紀が苦い顔をした。

「伊賀者も敵。なればこちらも守りを固めねばならぬ。瀬能をこれへ」

「よろしいのでございまするか、瀬能にはまだ……」

数馬を呼ぼうとした綱紀を、五木が諫《いさ》めた。

「使えるものはなんでも遣う。それに瀬能は、本多政長が余に突きつけた課題よ。本多の娘婿《むすめむこ》をうまく使いこなせるかどうかを国元から本多が見ている。政長が見込んだ、いや、琴が気に入った男を、余がどう扱うかをな。まったく嫌な連中だ」

綱紀が頬を引きつらせた。

「本多のことだ。瀬能をこのまま江戸においてはおかぬ。二年か三年で国元へ戻し、藩政にかかわらせるつもりだろう。そのときに、瀬能が成長していなければ、本多は余を見捨てるだろう」

「本多が殿を見捨てる……」

五木が息を呑んだ。

「愚かな主君は家を潰す。それに巻きこまれては家臣もたまるまい」

「まさか、本多が加賀を幕府に売ると」

五木の顔色が白くなった。

「それはない。本多は幕府にとって面倒だからな。本多が見捨てるのは余だ。余を排し、前田の誰かを藩主にする」

「家臣の分をこえておりまする」

綱紀の説明に、五木が首を左右に振った。

「主君と何千の家臣が一緒に滅ばぬように、家老たちには主君を代えるだけの権がある。もちろん、家老一人でできるまねではないが。国元の家老が一致すればな。藩は主君一人のものではない。家臣と領民のものでもある」

「…………」

五木は沈黙した。

「……呼んで参りまする」

しばらくして五木が留守居控えへ行き、瀬能を伴って戻って来た。

「お呼びでございまするか」

数馬は不意の呼びだしに戸惑っていた。

「うむ。しばらく、黙って話を聞いておれ」

綱紀が命じた。

「話をもとへ返せ」

「はっ」

五木がうなずいた。

「西の丸さまのお命を狙った道具が加賀忍の手裏剣であった。これは加賀に罪をなすりつけるため」

「そうだ」

「なつ……」

確認に綱紀が首肯し、数馬は驚愕《きょうがく》した。

「最後まで聞いておれと言ったぞ」

「申しわけございませぬ」

叱られて数馬は謝った。

「ですが、西の丸さまが騙《だま》されましょうか。殿は五代将軍の座を辞退されたのでございまする。辞退した殿が、今さらこのようなまねをするのは、無理がございましょう」

五木が首をかしげた。

「前回とは状況が違う。前回はまだ家綱さまがご存命であった。当然綱吉さまもな。しかし、家綱さまが亡くなられ、綱吉さまも殺されたとなれば、話は変わる」

「どう変わるのでございましょう」

綱紀の言いぶんに五木が尋ねた。

「余は、家康さまの玄孫だ。そして綱吉さまは曾孫《そうそん》。家康さまからの血筋でいけば、余は遠い。しかし、綱吉さまが亡くなれば……次の将軍たる資格を持つお方は、余と同じ玄孫になる。つまり、余は同格の立場として将軍候補になる」

「お待ちくださいませ」

五木が止めた。

「御三家の紀州《きしゅう》徳川光貞《みつさだ》さまは、家康さまの孫にあたられまする。血筋でいえば、はるかに近いと」

「御三家には将軍を継ぐ権はない。将軍は二代秀忠さまの血筋に譲られた。つまり、御三家紀州初代頼宣《よりのぶ》さまは、傍系と決められたのだ。家康さまによってな。傍系が本家へ帰れるのは、正統な後継者が絶えたときだけ。つまり、綱吉さまが死んだ後、徳川の名前を冠している者のなかで将軍になれるのは、秀忠さまの血を引く、甲府徳川綱豊さまだけ」

「綱吉さまには、ご嫡男《ちゃくなん》徳松さまがおられまするが」

「徳松君《ぎみ》はあまりに幼すぎよう。まだ二歳ぞ。二歳で武家の統領はとおるまい」

五木の指摘を綱紀が否定した。

「わかるな。前回余が遠慮したのは、血筋が遠いという理由からだと言えなくもないのだ。そこを雅楽頭が突いてきた」

綱紀が嘆息した。

「…………」

五木が沈黙した。

「手を打て、五木。今こそ、留守居役の力を使うときぞ。金も伝手《つて》も惜しむな。打つ手をまちがえれば、加賀は終わるぞ」

「力を尽くしまする」

綱紀の命に、五木が頭《こうべ》を垂れた。

「瀬能」

じっと話を聞いていた数馬に綱紀が声をかけた。

「はっ」

数馬が両手を突いて、綱紀の言葉を待った。

「加賀に危難が近づいた。そなたも五木の指示を受け、これを打ち払え」

「承りました」

主命を拒否はできない。数馬は平伏した。

「あとは任せる。余は尾張さまを訪ねてくる」

御三家筆頭の尾張徳川光友は、前田綱紀をかわいがってくれている。御三家は政に口出しをしないのが慣例だが、その影響力は大きい。老中でも御三家の意向を無視できなかった。

「お願いいたしまする」

五木が綱紀を見送った。

「瀬能、事情がわかるまい」

「はい」

途中からの参加である。なにがどうかわかっていなかった。

「藩存亡の危機だとはわかったな」

「殿のご様子で」

綱紀の強《こわ》ばった表情を見たのだ。数馬も理解していた。

「前提を話す。先日おぬしが検分した死者が加賀忍だったのだ」

「あの者が。だから持ち物を厳しく調べたのでござるか」

数馬はようやく思いあたった。

「加賀忍を殺したのは、手裏剣を奪うため。それを大老がなさるとは」

聞かされた数馬が驚愕した。

「執政とは、そういうものだ。目的のためならなんでもする。人の命など気にするようでは務まらぬ」

淡々と五木が告げた。

「わたくしはなにを」

「小沢と会え」

なにをすべきかと問うた数馬に、五木が言った。

「……小沢どのでございまするか」

数馬は眉《まゆ》をひそめた。

「敵だがな、あやつしか我らが綱吉さまへ繫《つな》がる方法はない。小沢から堀田備中守を説得できれば、西の丸さまも治まる」

五木が述べた。

「なんとかして、殿と堀田備中守さまとの面談を取り付けろ」

「小沢の要望には、どこまで応じてよろしいか」

譲歩の限界を数馬は確認した。

「あるていどはいたしかたない。許されない範囲は、おぬしが決めろ」

「わたくしが……」

数馬は目を剝いた。

「そろそろ己《おのれ》で判断せい。おぬしにかかわっている余裕はなくなった」

冷たく五木が口にした。

「…………」

「急げ」

啞然《あぜん》とする数馬を、五木が追いたてた。


数馬はひとまず長屋へ戻った。

「出かける」

「はい」

佐奈が数馬の着替えを手伝った。佐奈を妾《めかけ》にすることは決まっているが、妾宅《しょうたく》もまだできておらず、手は出していない。袴《はかま》の腰板を整えるために、密着してくる佐奈の柔らかさと鬢《びん》付《つ》け油《あぶら》の匂《にお》いが、数馬を乱した。

「供は」

廊下に控えていた石動庫《くらの》之介《すけ》が問うた。

「頼む」

意識を佐奈からそらせた。数馬はほっとして、同道を求めた。

「石動、そなた加賀忍というのを知っているか」

「加賀忍でございますか。おるとは聞いておりまするが、見たことはございませぬ」

石動が首を左右に振った。

「そうか……」

石動の答えに、数馬は落胆した。

「加賀忍が、いかがいたしましたので」

羽織の紐《ひも》を結び終わった佐奈が問うた。

「殺された。伊賀者にな」

数馬はその先を省いた。さすがにそのとき奪われた手裏剣が、綱吉の命を狙ったとは言えなかった。

「なんどか姿を見たことがございまする」

「なにっ」

佐奈の言葉に、数馬は驚愕した。

「本多に出入りをなさっておられましたので」

「なるほど。本多さまなら」

本多は加賀の筆頭宿老《しゅくろう》である。家老筆頭として、藩政を預かっている。藩の隠密《おんみつ》とも言うべき加賀忍を使って当然である。佐奈の答えに数馬は納得した。

「どのような話をしていたかは」

「それは、さすがに」

佐奈が口籠《くちご》もった。

「しかし、殿。加賀忍を伊賀者が襲ったというのは、真《まこと》でございましょうか」

「見ていた者がいたわけではないそうだが、確実らしい。死体の検分もされている」

石動の疑問に、数馬は述べた。

「考えてもわからぬ。命じられたことをこなすしかない」

数馬が佐奈の差し出した太刀を腰に差した。

# 四

上屋敷を出た数馬は、小沢の妾宅を目指した。

「おいでなさいませ。主は参っておりませぬが、すぐに人を出しますので、どうぞ、なかでお待ちを」

小沢の妾まさが数馬の訪れを受けた。

「なるほどな。妾宅の使いかたとはこういうことか」

数馬は妾宅の使用法と価値を理解した。個別に連絡を取りたいとき、密かな話をしたいとき、妾宅を知っていると容易《たやす》いのだ。

「妾も相応の女でなければならぬというのも、このためか」

小沢の妾の対応にも数馬は感心していた。

「見た目だけの女には務まりませぬな」

石動も驚いていた。

「主が許す客の顔を覚えているだけでなく、夕刻を過ぎてから、男二人を家に上げるだけの度胸」

「うむ。頭のいい女でなければならぬ。かといって妾なのだ。見た目もあるていどは整っておらぬとな」

石動の発言に数馬は付け加えた。

「佐奈どのならば、問題ございませぬな」

「…………」

数馬は沈黙した。否定は佐奈の素質をけなすことになるためできなかった。かといって肯定《こうてい》すれば、佐奈を女として欲していると取られるのではないかと勘繰《かんぐ》ってしまった。

「粗餐《そさん》でございますが」

玄関脇の客待ちに、小沢のまさが二人分の膳《ぜん》を運んできた。

「畏《おそ》れ入りまするが、酌はご容赦《ようしゃ》くださいませ」

酒の入った片口を置いて、まさは下がった。

「当然だな」

「はい。主の留守に上がりこんだ客に、妾が酌をしている。密通を疑われてもしかたございませぬ」

うなずく数馬に、石動も同意した。

「酒は一口だけにしておこう」

「はっ」

出されたものに手をつけないのは非礼になる。かといって酔うわけにはいかなかった。数馬は盃を一回だけ干した。

「うまいな」

「江戸で食べた魚のなかでは一番でございまする」

膳の上に置かれた鰈《かれい》の干物に二人は舌鼓《したつづみ》をうった。

「江戸に来てなにが辛《つら》いといって、魚と水のまずいのには閉口する」

「まことに」

二人は顔をゆがめた。

金沢の海は、潮の流れが激しいため、魚の身が締まっている。なにより、朝獲《と》ったばかりの魚が、昼には城下で手に入るのだ。また漁場としても優れているため、獲れ高もよく安い。毎日新鮮な魚を食していた二人にとって、値段が高く、そうそう買えない江戸の魚は不満であった。

「やあ、よくお見えだ。お待たせした」

膳の上のものを片付け終わったころ、小沢が顔を出した。

「不意にお邪魔しただけでなく、馳走《ちそう》になりました。かたじけない」

膝《ひざ》を揃《そろ》えて数馬が礼を述べた。

「いやいや、妾宅をお教えするというのは、いつなんどきお見えいただいてもよいとの証《あかし》。お気になさるな。拙者も遠慮なく、貴殿のもとへ行かせていただくゆえ」

小沢が笑った。

「お待ちしておりまする」

ああ言われては、こう返事するしかない。数馬は歓迎すると応じた。

「では、奥へ」

「はい。石動」

場所を移そうと誘われた数馬は、石動にうなずいてみせた。

「お待ちしておりまする」

石動が待機していると言った。

「さて、ご用件は妾宅のお話ではございませぬな」

「おわかりか」

奥の間に座るなり、小沢が口火を切った。数馬は小沢に妾宅の手配を頼んでいた。

「本日、わたくしも江戸城の留守居溜に詰めておりましたので。貴家の五木どのが、なにやらあわててお帰りになったのも見ておりました」

小沢が述べた。

「率直にお願いいたしたい。加賀の前田は、今回の一件にまったくかかわりはございませぬ」

「わたくしも先日まで禄を食《は》んでいた身。前田さまの潔白は信じておりますとも」

数馬の発言に小沢が同意をした。

「恥をお話しすることになりまするが、じつは数日前、当家の忍が何者かに襲われ、殺されました。遺品は回収いたしましたが、そのなかから手裏剣だけが消えておりました」

「手裏剣は奪われたものだと。しかし、世間が、いや、西の丸さまが、それを信じましょうか」

小沢が難しい表情をした。

「……ゆえにお願いに参った。備中守さまのお力をお貸しいただきたい」

「我が主の力とおっしゃられても、難しゅうございますぞ。備中守も今回の一件に激怒しておりまする。当然でございましょう。なにせ、備中守が綱吉さまを西の丸へとお移し申しあげたのでございますから」

無理だと小沢が首を左右に振った。

「そこをなんとか、備中守さまに直接お目にかかり、疑いを晴らしたいとわが主が願っておりまする」

一度断られたくらいで引き下がるようでは、留守居役は不要である。願いが通るまで粘ってこその留守居役である。数馬は再度求めた。

「交流ある貴君にそこまで言われては……わかりましてござる。お約束はいたしかねまするが、明日にでも主へ、前田さまのご要望はお伝えいたしましょう」

小沢が話だけはすると約束した。

「かたじけない」

「ところで、前田直作どのは、国元へお帰りになられたのかの」

礼を述べた数馬に、小沢が訊いてきた。

「少し前に、江戸を発《た》ちましてございまする」

数馬が答えた。

「さようでござったか。一度お目にかかりたいと思っておりましたが……道中ご無事であればよろしいが」

「昨日、今日には金沢へ着かれているはずでございまする」

白々しく道中安全を口にした小沢に、数馬は鼻白んだ。

「一つお伺《うかが》いしてよろしいかな」

小沢の目が光った。

「わたくしでわかることでしたら」

来たと数馬は身構えた。

「貴殿は本多政長どのの娘婿《むすめむこ》でございますな」

「まだ婚姻《こんいん》はかわしておりませぬ。約しただけでございますが」

確認する小沢に、数馬は正確な返答をした。

「些細《ささい》なことはかまいませぬ。貴殿、本多どのと前回のお話をなさったはずだ」

小沢の口調が変わった。

「殿の五代将軍就任のことでございますな」

「さよう」

「ならば、話しました」

正直に数馬は首肯した。

「お聞かせ願おう」

「交渉成立と考えてよろしいか」

数馬が念を押した。

「わかっておる。明日、殿に加賀どのとの面談をお願いする対価だと思ってくれていい」

老中には、屋敷で来客を受け、政への希望などを聞く慣例があった。これを面談、あるいは面会といい、早朝の登城前と、夕刻以降におこなわれていた。

「本多どのは、賛成されたのか、反対されたのか」

「それはおわかりだと思う。反対でござった」

確かめた小沢に、数馬はうなずいた。

「やはり……その理由は」

続けて小沢が質問した。

「潰されたくないからだと言われていた。殿が将軍になれば、加賀藩士は幕府の旗本になる。本多どのも譜代大名に復帰することになる」

「…………」

無言で小沢が先を促した。

「譜代大名になれば、本多は終わる。本多佐渡守の血筋は、幕府にとって不都合なことを知りすぎている」

「やはり……」

小沢が納得していた。

「不都合の内容は聞かれたか」

「一つだけ」

数馬は指を立てた。

「それは……」

「小沢どの」

求める小沢に、数馬が静かな声をかけた。

「面談が確実ならばまだしも、言上《ごんじょう》いただくだけにしては、こちらからお渡しするぶんが多すぎませぬか」

数馬が小沢を見た。

留守居役は五分と五分が決まりであった。与えられた利に見合うだけの返しをする。どちらか一方だけに偏《かたよ》る関係は長続きしないだけでなく、なにかあったときに裏切られる。いつか持ち出しの多いほうの不満が爆発するのだ。

「ううむうう」

小沢が唸《うな》った。

「加賀へ濡れ衣を着せた相手の名前とではどうだ」

「雅楽頭さまでございましょう。当たり前過ぎて、交渉の材料にもなりませぬ」

「……つっ」

小沢が詰まった。

五分と五分。これは情報の数を基本としているが、質も大きく影響した。場合によっては、一つの話が五つの情報と交換されるときもあるかわりに、差し出したものの価値が低いときは、取引が成立しないこともあった。

た。

「誰が動いているかではどうだ」

酒井雅楽頭の指示を受けて動いている留守居役の名前を小沢が交渉の材料に使った。

「ふむ……」

実行犯がわかれば、その動きを見張ることで、不意討ちを避けられる。一瞬、数馬は考えた。対価として多少は損だが、ときの権力者との交渉では、引き際も大事である。欲張りすぎては、交渉自体打ち切られたり、後々嫌われたりする。普段ならば、落としどころといえた。だが、今は藩の存亡の危機である。

「……安すぎましょう」

冷たく数馬が拒否した。

「もう一つ寄こせと言うか」

苦く小沢が頬をゆがめた。

「わかった。では、加賀の弁明に務めよう。加賀忍が襲われた件もお話しして、殿に罠《わな》だとお伝えする。これでどうだ」

小沢が新しい条件を提示した。

「もう一つ」

「なにを求める。これ以上は無理だぞ」

さらなる要求を出そうとする数馬に、小沢が頬をゆがめた。

「猪野たちの動きに掣肘《せいちゅう》をかけていただきたい」

数馬が条件を加えた。

「なんのことだ」

小沢がとぼけた。

「おわかりになられぬのならば、けっこうでござる。猪野たちとのかかわりがないとわかっただけでよろしゅうございまする。猪野たちを守る者がおるようでございますが、小沢どのでないとのお答えをいただけた今、藩に報告ができまする」

満足だと数馬は言った。

「…………」

あっさりと追及をあきらめた数馬に、小沢が疑いの目を向けた。

「では、お話しいたしましょう。本多政長どのからなにを伺ったか」

数馬は話を変えた。

「聞かせていただこう」

小沢が耳を傾けた。

「わたくしが本多どのから見せていただいたのは、直江状《なおえじょう》でござる」

「直江状……あの上杉の謀臣《ぼうしん》直江山城守《やましろのかみ》のか」

数馬の言葉に、小沢が目を剝いた。

豊臣秀吉の死後、天下を狙い始めた徳川家康は、最大の敵となる前田利長を下したあと、続いて上杉景勝《うえすぎかげかつ》を狙った。国元へ帰っていた上杉を謀叛《むほん》と言い立て、家康の前に膝を屈しろと要求したのだ。それに対して、上杉の忠義を説き、家康こそ豊臣の天下を奪おうとする叛逆《はんぎやく》の徒であると糾弾《きゆうだん》したのが、直江状と呼ばれる手紙であった。

辛辣《しんらつ》な内容に家康は激怒、上杉討伐のための大軍勢を起こした。家康が大坂を離れた。その隙に石田三成らが挙兵、天下の行方《ゆくえ》を懸けた大合戦へとことは進んだ。いわば、直江状が関ヶ原の合戦の原因と言えた。

「その直江状が加賀の本多にあった」

数馬は述べた。

家康を激怒させた直江状は、その後行方がわからなくなっていた。怒り狂った家康が引き裂いたとも、気を利かせた家臣が隠したとも言われているが、真実はわかっていない。

「……まさか」

小沢が気づいた。

「そうだ。政長どのの父政重《まさしげ》どのは、直江山城守の娘婿」

数馬はうなずいた。

「では、直江山城守と家康さまは……」

「それは違うと本多どのは言われた。もし、直江山城守と家康さまが繋《つな》がっていたならば、上杉は百二十万石から三十万石へ減らされはすまい」

家康が天下を取るためには、大坂の豊臣を滅ぼさなければならなかった。ただ、家康は豊臣に臣従している。主家を討つ。これは明智光秀《あけちみつひで》の末路を見るまでもなく、激しい非難を浴びるだけでなく、世間を敵に回す。主家へ牙剝《きばむ》くわけにはいかないが、攻められての反撃ならできる。家康は三成らを暴発させるため、わざと大坂から離れた。その名目を作ったのが上杉である。小沢がこう考えた。それを数馬は否定した。

「戦《いくさ》になるかも知れない徳川と上杉、その両方とかかわっていたのが、本多政重どの。直江山城守は、娘婿である本多政重どのを通じて、本多佐渡守《さどのかみ》さまと繋がった。逆も同じでござる」

「加賀の本多が、徳川と上杉を繋いだ」

「…………」

黙って数馬はうなずいた。

「これでおわかりでございましょう。このことが広く知れれば、さきほど小沢どのが考えられたことが真実だと思い込むお方が出ましょう。一人では噂でも百人が言い出せば真実になりまする。家康さまが上杉と組んで三成をはめた。そうなっては困りまする。それを防ぐもっともよい方法が……」

「本多佐渡守さまの血筋を絶やす」

「さよう。当事者がいなければ、話は漏《も》れませぬ」

数馬は首肯した。

「だから佐渡守さまの末裔《まつえい》は滅ぼされた……」

小沢が結論に至った。

「では、約定《やくじょう》のほどお願いいたしまするぞ」

念を押して数馬は小沢の妾宅を後にした。

「急がねば……」

後を追うようにして、小沢も藩邸へと帰った。

「どうした」

急ぎの目通りを願った小沢に、堀田備中守が応じた。

「先ほど加賀の留守居役が参りまして……」

小沢が数馬との話を告げた。

「加賀忍が殺されていただと」

「一度町方に死体が運びこまれたようでございますが、後ほど加賀に引き渡されたとのこと」

堀田備中守の反応に、小沢が付け加えた。

「町方に確認いたせ」

「はい」

小沢が首肯した。

「しかし、町方の名前を出したということは、真実らしいな」

「おそらくは」

「となれば、絵を描いたのは酒井雅楽頭。余と加賀の角を突き合わせ、その騒ぎに紛《まぎ》れてなにかを隠す。雅楽頭の直江状か。これが」

顎《あご》に手を置いて堀田備中守が思案した。

「なにかまずい失敗でも」

失政の疑いを小沢は口にした。

「隠させぬ。今御用部屋にある酒井雅楽頭の担当していた案件は、すべて余が取りあげた。何一つ見逃すことはない」

堀田備中守が断言した。

「さすがでございまする」

小沢が感心した。

「……待てよ。御用部屋にあるのは、最近のものだ。古いものまでは……」

堀田備中守が腕を組んだ。

「そうか。余の注意を加賀へそらすためか。だから綱吉さまを害さなかった」

「伊賀者も酒井雅楽頭さまに与《くみ》していた……」

「おそらくな。わかった。そなたの頼みだ。前田との面談に応じてやろう」

小沢の顔を立ててやると堀田備中守が述べた。

「かたじけのうございまする」

留守居役は五分と五分である。小沢が感謝した。

「ご苦労であった」

小沢を下がらせた堀田備中守が、表情を硬くした。

「しかし、家康さまと本多佐渡守の秘事を加賀が保持しているか。関ヶ原、徳川が豊臣から天下を奪った戦いの裏にあったもの、幕府の闇を外様ごときに握られているのはまずい。綱吉さまの天下を続け、余が大政参与として君臨する邪魔にもなりかねぬ。かといって他家の家臣を罰することは難しい。なんとかして本多を加賀から外さねばならぬ。本多を幕府へ返させるには、どうすればよいかの」

堀田備中守が呟《つぶや》いた。

本多政長は屋敷の庭に建てた東屋《あずまや》で娘を待っていた。

「お父さま、お待たせをいたしました」

琴姫が侍女も連れず、一人で顔を出した。

「うむ。まあ、座れ」

政長は東屋に作り付けてある縁台を勧めた。

「数馬から手紙が来た。前田直作どのに託したようだ」

「まあ、数馬さまから」

琴姫が喜んで手を出した。

「あいにくだが、そなた宛《あて》ではない。これは儂へだ」

政長が首を振った。

「…………」

目に見えて琴姫の機嫌が悪くなった。

「佐奈から報せは来ているのだろう」

「それはそれ、女としては愛《いと》しい殿方からの手紙ほどうれしいものはございませぬ」

琴姫がすねた。

「そのお手紙がわたくしにかかわりのないものならば、なぜお呼びになりました」

小さく琴姫が首をかしげた。

「これが先ほど届いた」

政長が別の封書を琴姫に渡した。

「これは林《はやし》の報告でございますか」

琴姫が父親の顔を見た。

「うむ」

政長が首肯した。

林とは本多家の勘定方《かんじょうかた》である。旅慣れていない数馬のために、江戸までの供として政長が付けた。江戸についてからは本多家の江戸屋敷に詰めながら、数馬の手伝いと見張りをおこなっていた。

「……加賀忍の手裏剣が……」

　さすがの琴姫が絶句した。

「悪辣《あくらつ》で幼稚ではあるが、効果抜群な手だな」

　政長が感心した。

「数馬さまの手紙を拝見いたしとう存じまする」

　琴姫の目から甘さが消えた。

「ああ」

　今度はすんなりと政長は手紙を差し出した。

「…………」

　すばやく数馬の手紙に琴姫が目を通した。

「もと加賀藩士の小沢、今は老中堀田備中守の留守居役に妾宅を任せたとございまする」

　琴姫は数馬が妾を持つことを認めている。

「これが生きよう」

　政長が述べた。

「本当に怖ろしいのは、綱吉どのではない。堀田備中守だ。綱吉さまは、あきらめていた五代将軍の座に堀田備中守のおかげで就《つ》けた。つまりは、堀田備中守に頭があがらぬ。たとえ本当に加賀忍が綱吉さまを襲ったとして、堀田備中守が前田に罰を与えるなと言えば、従わざるを得ぬ」

「わかりまする」

琴姫が首肯した。

将軍であれ、藩主であれ、一人ではなにもできない。家老たちがいて役人らが任を果たしてくれるから、藩政は回っている。家老の求めを藩主は無下にできない。もちろん、当主としての権で押しきることはできるが、後々に禍根《かこん》を残すことになる。

「婿どのには運がついている。今、小沢と密談できるのは数馬だけだ」

「他の留守居役たちは、小沢の昔を知っているが、数馬さまは知らないからでございますね」

琴姫が同意した。

「そうだ。小沢の悪事を目の当たりにしていない。聞いてはいるだろうが、やはり一緒に働いていながら裏切られた連中とは違う。数馬は小沢に対しての悪意が少ない。つまり小沢と冷静にやりとりできる」

政長が褒《ほ》めた。

「堀田備中守も、これが酒井雅楽頭の策だとは気づいているはずじゃ。でなければ、老中まで上《のぼ》れまいからな。あとは互いの落としどころをどう探るかだ。加賀と堀田、ともに酒井雅楽頭の策にはまっている。抜け出すには力を合わさねばならぬ。その繋ぎの役目を果たすのが数馬になった」

「よろしゅうございまする」

琴姫が微笑《ほほえ》んだ。

「なにがだ」

喜ぶ娘に政長が問うた。

「今回のことで数馬さまが手柄を立てられれば、わたくしとの婚儀も早まりましょう」

うれしそうに琴姫が言った。

「どうしてそう思うのだ。婚姻《こんいん》と手柄は別であるぞ」

政長が首をかしげた。

「お父さまは、いずれ数馬さまを国元へお戻しになるおつもりでございましょう」

「……………」

「数馬さまを鍛えあげて、兄上さまの補佐に就ける。兄上さまは、お父さまに似ず、お優しい。とても堂々たる隠密《おんみつ》として加賀からも幕府からも警戒される本多家の当主として、生き延びていくのは難しい。兄上には表裏のある交渉ごとは向いておりませぬ。それをお父さまは数馬さまにさせようと」

「実の兄ぞ。少しは遠慮せい」

琴姫の言葉に、政長が嘆息した。

「まったく、祖父佐渡守さまの生まれ変わりだな、おまえは。女にしておくのが惜しいわ」

「いいえ。わたくしは女でよいのでございまする。五万石など面倒なだけ。百万石の筆頭宿老《しゅくろう》として加賀を思うがままに動かすより、数馬さまを慈《いつく》しむほうが楽しそうでございますし。なによりも子を産み育てなければなりませぬ。次代を背負う者を育てる。政にうつつを抜かす暇などございませぬ」

小さく首を振る政長に、琴姫が告げた。

「もうよろしゅうございまするか」

琴姫が退出を願った。

「よいが、茶も飲まぬのか」

政長が訊いた。

「数馬さまへのお手紙を認《したた》めとう存じまする」

「ほう。それはいいが、なにを書くのだ」

娘の答えに、政長が興味を見せた。

「少し背中を押してさしあげようかと。佐奈のことを含め、どうも数馬さまは臆《おく》しておられるようでございますので」

楽しそうに笑いながら、琴姫が東屋を去って行った。

「やれ、もうしっかりと尻に敷いておる。早めに子でも産まさぬと立場は弱いままだぞ。数馬」

政長が憐《あわ》れんだ。

本書は文庫書下ろし作品です。

|著者|上田秀人　1959年大阪府生まれ。大阪歯科大学卒。'97年小説CLUB新人賞佳作。歴史知識に裏打ちされた骨太の作風で注目を集める。講談社文庫の「奥右筆秘帳」シリーズ（全十二巻）は、「この時代小説がすごい！」（宝島社刊）で、2009年版、2014年版と二度にわたり文庫シリーズ第一位に輝き、第三回歴史時代作家クラブ賞シリーズ賞も受賞、抜群の人気を集める。「百万石の留守居役」は初めて外様の藩を舞台にした新シリーズ。このほか「お髷番承り候」（徳間文庫）、「御広敷用人大奥記録」（光文社文庫）、「闕所物奉行裏帳合」（中公文庫）、「妾屋昼兵衛女帳面」（幻冬舎時代小説文庫）、「表御番医師診療禄」（角川文庫）などのシリーズがある。歴史小説にも取り組み、『孤闘　立花宗茂』（中公文庫）で第16回中山義秀文学賞を受賞、『天主信長』（講談社文庫）では別案を〈裏〉版として書下ろし、異例の二冊で文庫化。近刊に『梟《ふくろう》の系譜　宇喜多四代』（講談社）。
上田秀人公式HP「如流水の庵」 http://www.ueda-hideto.jp/

遺臣《いしん》　百万石《ひゃくまんごく》の留守居役《るすいやく》（四）
上田秀人《うえだひでと》

2014年12月12日第1刷発行
2015年1月14日第2刷発行

講談社文庫
定価はカバーに
表示してあります

発行者――鈴木　哲
発行所――株式会社　講談社
東京都文京区音羽2-12-21　〒112-8001
電話　出版部（03）5395-3510
　　　販売部（03）5395-5817
　　　業務部（03）5395-3615
Printed in Japan

デザイン―菊地信義
本文データ制作―講談社デジタル製作部
印刷―――大日本印刷株式会社
製本―――株式会社国宝社



ISBN978-4-06-277994-4

# 講談社文庫刊行の辞

二十一世紀の到来を目睫に望みながら、われわれはいま、人類史上かつて例を見ない巨大な転換期をむかえようとしている。

世界も、日本も、激動の予兆に対する期待とおののきを内に蔵して、未知の時代に歩み入ろうとしている。このときにあたり、創業の人野間清治の「ナショナル・エデュケイター」への志を現代に甦らせようと意図して、われわれはここに古今の文芸作品はいうまでもなく、ひろく人文・社会・自然の諸科学から東西の名著を網羅する、新しい綜合文庫の発刊を決意した。

激動の転換期はまた断絶の時代である。われわれは戦後二十五年間の出版文化のありかたへの深い反省をこめて、この断絶の時代にあえて人間的な持続を求めようとする。いたずらに浮薄な商業主義のあだ花を追い求めることなく、長期にわたって良書に生命をあたえようとつとめるところにしか、今後の出版文化の真の繁栄はあり得ないと信じるからである。

同時にわれわれはこの綜合文庫の刊行を通じて、人文・社会・自然の諸科学が、結局人間の学にほかならないことを立証しようと願っている。かつて知識とは、「汝自身を知る」ことにつきていた。現代社会の瑣末な情報の氾濫のなかから、力強い知識の源泉を掘り起し、技術文明のただなかに、生きた人間の姿を復活させること。それこそわれわれの切なる希求である。

われわれは権威に盲従せず、俗流に媚びることなく、渾然一体となって日本の「草の根」をかたちづくる若く新しい世代の人々に、心をこめてこの新しい綜合文庫をおくり届けたい。それは知識の泉であるとともに感受性のふるさとであり、もっとも有機的に組織され、社会に開かれた万人のための大学をめざしている。大方の支援と協力を衷心より切望してやまない。

一九七一年七月

野間省一

講談社文庫
書下ろし

人気沸騰

# 上田秀人「奥右筆秘帳」シリーズ

□ 第一巻 密《みっ》封《ぷう》
ISBN978-4-06-275844-4
江戸城の書類決裁に関わる奥右筆は幕政の闇にふれる。十二年前の田沼意知事件に疑念を挟んだ立花併右衛門は帰路、襲撃を受ける。

□ 第二巻 国《こっ》禁《きん》
ISBN978-4-06-276041-6
飢饉に苦しんだはずの津軽藩から異例の石高上げ願いが。密貿易か。だが併右衛門の一人娘瑞紀がさらわれ、隣家の次男柊衛悟が向かう。

□ 第三巻 侵《しん》蝕《しょく》
ISBN978-4-06-276237-3
外様薩摩藩からの大奥女中お抱えの届出に、不審を抱いた併右衛門を示現流の猛者たちが襲う。大奥に巣くった闇を振りはらえるか?

□ 第四巻 継《けい》承《しょう》
ISBN978-4-06-276394-3
神君家康の書付発見。駿府からの急報は、江戸城を震撼させた。真贋鑑定を命じられた併右衛門は、衛悟の護衛も許されぬ箱根路をゆく。

□ 第五巻 簒《さん》奪《だつ》
ISBN978-4-06-276522-0
将軍の父でありながら将軍位を望む一橋治済、復権を狙う松平定信。忍を巻き込んだ暗闘は激化するが、護衛の衛悟に破格の婿入り話が!?

□ 第六巻 秘《ひ》闘《とう》
ISBN978-4-06-276682-1
奥右筆組頭を手駒にしたい定信に反発しつつも、将軍継嗣最大の謎、家基急死事件を追う併右衛門は、定信も知らぬ真相に迫っていた。

講談社文庫
書下ろし

痛快無比！

# 上田秀人「奥右筆秘帳」シリーズ

第七巻
隠《おん》密《みつ》
ISBN978-4-06-276831-3
一族との縁組を断り、ついに定信と敵対した併右衛門は、将軍家斉が毒殺されかかった事件を知る。手負いの衛悟には、刺客が殺到する。

第八巻
刃《にん》傷《じょう》
ISBN978-4-06-276989-1
江戸城中で伊賀者の刺客に斬りつけられた併右衛門は、受けた脇差の鞘が割れ、老中部屋の圧力で、切腹、お家断絶の危機に立たされる。

第九巻
召《めし》抱《かかえ》
ISBN978-4-06-277127-6
瑞紀との念願の婚約が決まったのもつかの間、衛悟に新規旗本召し抱えの話がもたらされる。定信の策略で二人は引き離されるのか!?

第十巻
墨《ぼっ》痕《こん》
ISBN978-4-06-277296-9
衛悟が将軍を護ったことで立花、柊両家の加増が決まる。だが定信は将軍謀殺を狙う勢力と手を結ぶ。大奥での法要で何かが起きる!?

第十一巻
天《てん》下《か》
ISBN978-4-06-277437-6
将軍襲撃の衝撃冷めやらぬ大奥で、新たな策謀が。親藩入りを狙う薩摩からの刺客を察知した併右衛門の打つ手とは？女忍らの激闘！

第十二巻
決《けっ》戦《せん》
ISBN978-4-06-277581-6
ついに治済・家斉の将軍位をめぐる父子激突。そしてお庭番を蹴散らした最強の敵冥府防人に、衛悟は生死を懸けた最後の闘いを挑む！

〈完結〉

講談社文庫
書下ろし

# 上田秀人「百万石の留守居役」シリーズ

□ 第一巻 波《は》乱《らん》
ISBN978-4-06-277703-2
外様第一、加賀藩主前田綱紀を次期将軍に擁立する動きに、藩論は真っ二つ。大老酒井忠清の狙いとは？　若き藩士瀬能数馬が駆ける。

□ 第二巻 思《おも》惑《わく》
ISBN978-4-06-277721-6
五万石の筆頭家老本多家の娘・琴と婚約することになった数馬は、御為派が狙う重臣前田直作の護衛役として江戸に急行することに!?

□ 第三巻 新《しん》参《ざん》
ISBN978-4-06-277858-9
幕府や他藩との折衝にあたる留守居役は藩の顔。重責を担うには、数馬は若すぎた。初仕事は、老中堀田家へ逃れた前任者の始末か!?

□ 第四巻 遺《い》臣《しん》
ISBN978-4-06-277994-4
四代将軍家綱の死去で権力を失墜したかにみえた大老酒井忠清が奇策に出た！　百万石を狙った手裏剣の罠。数馬は阻止できるか!?

〈以下続刊〉

# 講談社文庫　目録

講談社文庫　目録

上田秀人　秘闘〈奥右筆秘帳〉
上田秀人　隠密〈奥右筆秘帳〉
上田秀人　刃傷〈奥右筆秘帳〉
上田秀人　召《めし》抱《かかえ》〈奥右筆秘帳〉
上田秀人　墨《ぼっ》痕《こん》〈奥右筆秘帳〉
上田秀人　天下〈奥右筆秘帳〉
上田秀人　決戦〈奥右筆秘帳〉
上田秀人　軍師の挑戦〈上田秀人初期作品集〉
上田秀人　天主信長〈表〉〈我こそ天下なり〉
上田秀人　天主信長〈裏〉〈天を望むなかれ〉
上田秀人　波乱〈百万石の留守居役(一)〉
上田秀人　思惑〈百万石の留守居役(二)〉
上田秀人　新参〈百万石の留守居役(三)〉
上田秀人　遺臣〈百万石の留守居役(四)〉
内田樹　下流志向〈学ばない子どもたち 働かない若者たち〉
内田樹・釈徹宗　現代霊性論
上橋菜穂子　獣の奏者〈I闘蛇編〉
上橋菜穂子　獣の奏者〈II王獣編〉
上橋菜穂子　獣の奏者〈III探求編〉

上橋菜穂子　獣の奏者〈IV完結編〉
上橋菜穂子　獣の奏者〈外伝 刹那〉
上橋菜穂子原作・武本糸会漫画　コミック 獣の奏者 I
上橋菜穂子原作・武本糸会漫画　コミック 獣の奏者 II
上橋菜穂子原作・武本糸会漫画　コミック 獣の奏者 III
上橋菜穂子原作・武本糸会漫画　コミック 獣の奏者 IV
上田紀行　ダライ・ラマとの対話
上田紀行　スリランカの悪魔祓い
ヴァシィ章絵　ワーホリ任侠伝
内澤旬子　おやじがき〈絶滅危惧種中年男性図鑑〉
We are 宇宙兄弟！編　宇宙小説
嬉野君　妖怪極楽
遠藤周作　ユーモア小説集
遠藤周作　ぐうたら人間学
遠藤周作　聖書のなかの女性たち
遠藤周作　さらば、夏の光よ
遠藤周作　最後の殉教者
遠藤周作　反逆 (上)(下)
遠藤周作　ひとりを愛し続ける本

遠藤周作　深い河《ディープ・リバー》
遠藤周作　周作塾〈読んでもタメにならないエッセイ〉
遠藤周作　『深い河』創作日記
遠藤周作　新装版 海と毒薬
遠藤周作　新装版 わたしが・棄てた・女
永六輔・矢崎泰久　バカまるだし
永六輔・矢崎泰久　ふたりの品格
永六輔・矢崎泰久　ははははハハハ
江波戸哲夫　小説盛田昭夫学校 (上)(下)
江波戸哲夫　ジャパン・プライド
衿野未矢　依存症の女たち
衿野未矢　依存症の男と女たち
衿野未矢　依存症がとまらない
衿野未矢　「男運の悪い」女たち
衿野未矢　男運を上げる15歳ヨリウエ男〈悩める女の厄落とし〉
衿野未矢　恋は強気な方が勝つ！
江上剛　頭取無惨
江上剛　不当買収
江上剛　小説 金融庁

## 講談社文庫　目録

江上　剛　絆
江上　剛　再起
江上　剛　企業戦士
江上　剛　リベンジ・ホテル
江上　剛　起死回生
江上　剛　瓦礫の中のレストラン
江上　剛　非情銀行
江上　剛　東京タワーが見えますか。
江國香織　真昼なのに昏《くら》い部屋
R・アンダーソン　江國香織 訳　荒井良二 画　レターズ・フロム・ヘヴン
江國香織・文　松尾たいこ・絵　ふりむく
江國香織他　彼の女たち
遠藤武文　プリズン・トリック
遠藤武文　トリック・シアター
遠藤武文　パワードスーツ
大江健三郎　新しい人よ眼ざめよ
大江健三郎　宙返り(上)(下)
大江健三郎　取り替え子《チェンジリング》
大江健三郎　鎖国してはならない

大江健三郎　言い難き嘆きもて
大江健三郎　憂い顔の童子
大江健三郎　河馬に噛まれる
大江健三郎　M/Tと森のフシギの物語
大江健三郎　キルプの軍団
大江健三郎　治療塔
大江健三郎　治療塔惑星
大江健三郎　さようなら、私の本よ！
大江健三郎　水死
大江健三郎・文　大江ゆかり・画　恢復する家族
大江健三郎・文　大江ゆかり・画　ゆるやかな絆
小田　実　何でも見てやろう
大橋　歩　おしゃれする
大石邦子　この生命ある限り
沖　守弘　マザー・テレサ 〈あふれる愛〉
岡嶋二人　七年目の脅迫状
岡嶋二人　あした天気にしておくれ
岡嶋二人　開けっぱなしの密室
岡嶋二人　とってもカルディア

岡嶋二人　ビッグゲーム
岡嶋二人　ちょっと探偵してみませんか
岡嶋二人　記録された殺人
岡嶋二人　ツァラトゥストラの翼 〈スーパー・ゲーム・ブック〉
岡嶋二人　そして扉が閉ざされた
岡嶋二人　どんなに上手に隠れても
岡嶋二人　タイトルマッチ
岡嶋二人　解決まではあと6人 〈5W1H殺人事件〉
岡嶋二人　なんでも屋大蔵でございます
岡嶋二人　眠れぬ夜の殺人
岡嶋二人　珊瑚色ラプソディ
岡嶋二人　クリスマス・イヴ
岡嶋二人　七日間の身代金
岡嶋二人　眠れぬ夜の報復
岡嶋二人　ダブルダウン
岡嶋二人　殺人者志願
岡嶋二人　コンピュータの熱い罠《わな》
岡嶋二人　殺人！ザ・東京ドーム
岡嶋二人　99％の誘拐

岡嶋二人　クラインの壺
岡嶋二人　増補版　三度目ならばＡＢＣ
岡嶋二人　ダブル・プロット
岡嶋二人　新装版　焦茶色のパステル
岡嶋二人　チョコレートゲーム　新装版
太田蘭三　密殺源流
太田蘭三　殺人雪稜
太田蘭三　失跡渓谷
太田蘭三　仮面の殺意
太田蘭三　被害者の刻印
太田蘭三　遭難渓流
太田蘭三　遍路殺《ころ》がし
太田蘭三　奥多摩殺人渓谷
太田蘭三　白の処刑
太田蘭三　闇の検事
太田蘭三　殺意の北八ヶ岳
太田蘭三　高嶺の花殺人事件
太田蘭三　待てば海路の殺しあり
太田蘭三　殺人猟域〈警視庁北多摩署特捜本部〉

太田蘭三　夜叉神峠死の起点〈警視庁北多摩署特捜本部〉
太田蘭三　箱根路、殺し連れ〈警視庁北多摩署特捜本部〉
太田蘭三　首輪〈警視庁北多摩署特捜本部〉
太田蘭三　殺人熊〈警視庁北多摩署特捜本部〉
太田蘭三　殺《さっ》・風《ぷう》景《けい》〈警視庁北多摩署特捜本部〉
太田蘭三　殺人理想郷〈警視庁北多摩署特捜本部〉
太田蘭三　虫も殺さぬ〈警視庁北多摩署特捜本部〉
大前研一　企業参謀　正・続
大前研一　やりたいことは全部やれ！
大前研一　考える技術
大沢在昌　野獣駆けろ
大沢在昌　死ぬより簡単
大沢在昌　相続人ＴＯＭＯＫＯ
大沢在昌　ウォームハート　コールドボディ
大沢在昌　アルバイト探偵《アイ》
大沢在昌　調毒師を捜せ　アルバイト探偵《アイ》
大沢在昌　女王陛下のアルバイト探偵《アイ》
大沢在昌　不思議の国のアルバイト探偵《アイ》
大沢在昌　拷問遊園地　アルバイト探偵《アイ》

大沢在昌　帰ってきたアルバイト探偵《アイ》
大沢在昌　雪蛍
大沢在昌　ザ・ジョーカー
大沢在昌　亡命者〈ザ・ジョーカー〉
大沢在昌　夢の島
大沢在昌　新装版　氷の森
大沢在昌　暗黒旅人
大沢在昌　新装版　走らなあかん、夜明けまで
大沢在昌　新装版　涙はふくな、凍るまで
大沢在昌　罪深き海辺(上)(下)
大沢在昌　C・ドイル原作　バスカビル家の犬
逢坂剛　コルドバの女豹
逢坂剛　スペイン灼熱の午後
逢坂剛　十字路に立つ女
逢坂剛　ハポン追跡
逢坂剛　まりえの客
逢坂剛　あでやかな落日
逢坂剛　カプグラの悪夢
逢坂剛　イベリアの雷鳴

逢坂　剛　クリヴィツキー症候群
逢坂　剛　重蔵《じゅうぞう》始末《しまつ》
逢坂　剛　じぶくり伝兵衛〈重蔵始末㈡〉
逢坂　剛　猿曳遁兵衛〈重蔵始末㈢〉
逢坂　剛　嫁盗み〈重蔵始末㈣長崎篇〉
逢坂　剛　陰の声〈重蔵始末㈤長崎篇〉
逢坂　剛　北門の狼〈重蔵始末㈥蝦夷篇〉
逢坂　剛　遠ざかる祖国(上)(下)
逢坂　剛　牙をむく都会(上)(下)
逢坂　剛　燃える蜃気楼(上)(下)
逢坂　剛　墓石の伝説
逢坂　剛　新装版 カディスの赤い星(上)(下)
逢坂　剛　暗い国境線(上)(下)
逢坂　剛　鎖《とざ》された海峡
逢坂　剛　暗殺者の森(上)(下)
逢坂　剛　M・ルブラン原作　奇巌城
オノ・ヨーコ　飯村隆彦編　ただの私《あたし》
オノ・ヨーコ　南風椎訳　グレープフルーツ・ジュース
折原　一　倒錯のロンド

折原　一　水の殺人者
折原　一　黒衣の女
折原　一　倒錯の死角〈201号室の女〉
折原　一　101号室の女
折原　一　異人たちの館
折原　一　耳すます部屋
折原　一　倒錯の帰結
折原　一　蜃気楼の殺人
折原　一　叔母殺人事件〈偽りの館〉
折原　一　叔父殺人事件〈グッドバイ〉
折原　一　天井裏の散歩者〈幸福荘殺人日記①〉
折原　一　天井裏の奇術師〈幸福荘殺人日記②〉
折原　一　タイムカプセル
折原　一　クラスルーム
折原　一　帝王、死すべし
大下英治　一を以って貫く〈人間小沢一郎〉
大橋巨泉　巨泉〈人生の選択〉
大橋巨泉　巨泉流 成功！海外ステイ術
太田忠司　紅《べに》天《す》蛾《め》〈新宿少年探偵団〉

太田忠司　鴇色の仮面〈新宿少年探偵団〉
太田忠司　まぼろし曲馬団〈新宿少年探偵団〉
太田忠司　黄昏《たそがれ》という名の劇場
小川洋子　密やかな結晶
小川洋子　ブラフマンの埋葬
小野不由美　月の影 影の海(上)(下)〈十二国記〉
小野不由美　風の海 迷宮の岸〈十二国記〉
小野不由美　東の海神《わだつみ》 西の滄海〈十二国記〉
小野不由美　風の万里 黎明の空(上)(下)〈十二国記〉
小野不由美　図南の翼〈十二国記〉
小野不由美　黄昏の岸 暁の天〈十二国記〉
小野不由美　華《か》胥《しょ》の幽《ゆう》夢《め》〈十二国記〉
乙川優三郎　霧の橋
乙川優三郎　喜知次
乙川優三郎　屋《おく》烏《う》
乙川優三郎　蔓の端々
乙川優三郎　夜の小紋
恩田　陸　三月は深き紅の淵を
恩田　陸　麦の海に沈む果実

恩田　陸　黒と茶の幻想(上)(下)
恩田　陸　黄昏の百合の骨
恩田　陸　『恐怖の報酬』日記〈酩酊混乱紀行〉
恩田　陸　きのうの世界(上)(下)
奥田英朗　ウランバーナの森
奥田英朗　最　悪
奥田英朗　邪　魔(上)(下)
奥田英朗　マドンナ
奥田英朗　ガール
奥田英朗　サウスバウンド
奥田英朗　オリンピックの身代金(上)(下)
乙武洋匡　五体不満足〈完全版〉
乙武洋匡　乙武レポート〈'03版〉
乙武洋匡　だから、僕は学校へ行く!
乙武洋匡　だいじょうぶ3組
大崎善生　聖《さとし》の青春
大崎善生　将棋の子
大崎善生　編集者T君の謎〈将棋業界のゆかいな人びと〉
大崎善生　ユーラシアの双子(上)(下)

押川國秋　十手人
押川國秋　勝山心中
押川國秋　捨て首〈臨時廻り同心日下伊兵衛〉
押川國秋　中山道の雨〈臨時廻り同心日下伊兵衛〉
押川國秋　母の剣法〈臨時廻り同心日下伊兵衛〉
押川國秋　佃の渡し〈臨時廻り同心日下伊兵衛〉
押川國秋　八丁堀日和〈臨時廻り同心日下伊兵衛〉
押川國秋　辻斬り
押川國秋　見習い用心棒〈本所剣客長屋〉
押川國秋　左利きの剣法〈本所剣客長屋〉
押川國秋　射手座の侍〈本所剣客長屋〉
押川國秋　秘恋の雪〈本所剣客長屋〉
押川國秋　春雷の女房〈本所剣客長屋〉
大平光代　だから、あなたも生きぬいて
小川恭一　江戸の旗本事典〈歴史・時代小説ファン必携〉
落合正勝　男の装い 基本編
大場満郎　南極大陸単独横断行
小田若菜　サラ金嬢のないしょ話
奥野修司　皇太子誕生

奥野修司　放射能に抗う〈福島の農業再生に懸ける男たち〉
奥泉　光　プラトン学園
奥泉　光　シューマンの指
大葉ナナコ　怖くない育児〈出産で変わること、変わらないこと〉
小野一光　彼女が服を脱ぐ相手
小野一光　風俗ライター、戦場へ行く
岡田斗司夫　東大オタク学講座
小澤征良　蒼いみち
大村あつし　無限ループ〈右へいくほどゼロになる〉
大村あつし　エブリリトル シング〈クワガタと少年〉
大村あつし　恋することのもどかしさ〈エブリ リトル シング 2〉
折原みと　制服のころ、君に恋した。
折原みと　時《とき》の輝き
折原みと　天国の郵便ポスト
折原みと　おひとりさま、犬をかう
面髙直子　ヨシアキは戦争で生まれ戦争で死んだ
岡田芳郎　世界一の映画館と日本一のフランス料理店を山形県酒田につくった男はなぜ忘れ去られたのか
大城立裕　小説 琉球処分(上)(下)
太田尚樹　満州裏史〈甘粕正彦と岸信介が背負ったもの〉

講談社文庫 目録

鴨志田穣 西原理恵子　どこまでもアジアパー伝
鴨志田穣 西原理恵子　煮え煮えアジアパー伝
鴨志田穣 西原理恵子　もっと煮え煮えアジアパー伝
鴨志田穣 西原理恵子　最後のアジアパー伝
鴨志田穣 西原理恵子　カモちゃんの今日も煮え煮え
鴨志田穣　酔いがさめたら、うちに帰ろう。
鴨志田穣　遺稿集
鴨志田穣　日本はじっこ自滅旅
角岡伸彦　被差別部落の青春
角田光代　まどろむ夜のUFO
角田光代　夜かかる虹
角田光代　恋するように旅をして
角田光代　エコノミカル・パレス
角田光代　ちいさな幸福〈All Small Things〉
角田光代　あしたはアルプスを歩こう
角田光代　庭の桜、隣の犬
角田光代　人生ベストテン
角田光代　ロック母
角田光代　彼女のこんだて帖

角田光代　ひそやかな花園
角田光代他　私らしくあの場所へ
川井龍介　122対0の青春〈深浦高校野球部物語〉
金村義明　在日魂
姜尚中 『アリエス』編集部編　姜尚中にきいてみた!〈東北アジア・ナショナリズム問答〉
岳真也　密事《みそかごと》
岳真也　溺《おぼ》れ花《ばな》
岳真也　色散華
片山恭一　空のレンズ
風野潮　ビート・キッズ Beat Kids
風野潮　ビート・キッズⅡ〈Beat Kids Ⅱ〉
川端裕人　せちやん〈星を聴く人〉
川端裕人　星と半月の海
鹿島茂　平成ジャングル探検
鹿島茂　悪女の人生相談
鹿島茂　妖人白山伯
片川優子　佐藤さん
片川優子　ジョナさん
神山裕右　カタコンベ

神山裕右　サスツルギの亡霊
かしわ哲　茅ヶ崎のてっちゃん
金田一春彦 安西愛子 編　日本の唱歌 全三冊
加賀まりこ　純情ババァになりました。
門倉貴史　新版 偽造・贋作・ニセ札と闇経済
門田隆将　甲子園への遺言〈伝説の打撃コーチ高畠導宏の生涯〉
門田隆将　甲子園の奇跡〈斎藤佑樹と早実百年物語〉
柏木圭一郎　京都『源氏物語』華の道の殺人
柏木圭一郎　京都紅葉寺の殺人
柏木圭一郎　京都嵯峨野 京料理の殺意
柏木圭一郎　京都大原 名旅館の殺人
風見修三　修善寺温泉殺人情景〈駅弁味めぐり事件ファイル〉
梶尾真治　波に座る男たち
鏑木蓮　東京ダモイ
鏑木蓮　屈折光
鏑木蓮　時限
鏑木蓮　救命拒否
鏑木蓮　真友
川上未映子　そら頭はでかいです、世界がすこんと入ります

北森　鴻　親不孝通りディテクティブ
北森　鴻　螢　坂
北森　鴻　香菜里屋《カナリヤ》を知っていますか
北森　鴻　親不孝通りラプソディー
北村　薫　盤　上　の　敵
北村　薫　紙　魚　家　崩　壊〈九つの謎〉
岸　惠子　30年の物語
霧舎　巧　ドッペルゲンガー宮〈《あかずの扉》研究会流氷館へ〉
霧舎　巧　カレイドスコープ島〈《あかずの扉》研究会竹取島へ〉
霧舎　巧　ラグナロク洞〈《あかずの扉》研究会影郎沼へ〉
霧舎　巧　マリオネット園《ランド》〈《あかずの扉》研究会首吊塔へ〉
霧舎　巧　霧舎巧 傑作短編集
霧舎　巧　名探偵はもういない
きむらゆういち／あべ弘士 絵　あらしのよるにⅠ
きむらゆういち／あべ弘士 絵　あらしのよるにⅡ
きむらゆういち／あべ弘士 絵　あらしのよるにⅢ
木村元子／松田裕子　私の頭の中の消しゴム アナザーレター
木内一裕　藁　の　楯
木内一裕　水の中の犬

木内一裕　アウト&アウト
木内一裕　キ　ッ　ド
木内一裕　デッドボール
木内一裕　神様の贈り物
北山猛邦　『クロック城』殺人事件
北山猛邦　『瑠璃城』殺人事件
北山猛邦　『アリス・ミラー城』殺人事件
北山猛邦　『ギロチン城』殺人事件
北山猛邦　私たちが星座を盗んだ理由
北野輝一　あなたもできる陰陽道占
清谷信一　ル・オタク〈フランスおたく物語〉
北　康利　白洲次郎 占領を背負った男 (上)(下)
北　康利　福沢諭吉 国を支えて国を頼らず (上)(下)
北　康利　吉田茂 ポピュリズムに背を向けて (上)(下)
北原尚彦　死美人辻馬車
北尾トロ　テ　ッ　カ　場
樹林　伸　東京ゲンジ物語
貴志祐介　新世界より (上)(中)(下)
北川貴士　マグロはおもしろい〈美味のひみつ、生き様のなぞ〉

木下半太　暴走家族は回り続ける
木下半太　爆《は》ぜるゲームメイカー
北原みのり　毒　婦。〈木嶋佳苗100日裁判傍聴記〉
北　夏輝　恋都の狐さん
岸本佐知子 編訳　変《ヘン》愛《アイ》小説集
黒岩重吾　天風の彩王 (上)(下)〈藤原不比等〉
黒岩重吾　中大兄皇子伝 (上)(下)
黒岩重吾　新装版 古代史への旅
栗本　薫　水曜日のジゴロ〈伊集院大介の探究〉
栗本　薫　真夜中のユニコーン〈伊集院大介の休日〉
栗本　薫　身　も　心　も〈伊集院大介のアドリブ〉
栗本　薫　聖者の行進〈伊集院大介のクリスマス〉
栗本　薫　陽気な幽霊〈伊集院大介の観光案内〉
栗本　薫　女　郎　蜘　蛛〈伊集院大介と幻の友禅〉
栗本　薫　第六の大罪〈伊集院大介の飽食〉
栗本　薫　逃げ出した死体〈伊集院大介と少年探偵〉
栗本　薫　六　月　の　桜〈伊集院大介のレクイエム〉
栗本　薫　樹　霊　の　塔〈伊集院大介の聖域〉
栗本　薫　木蓮荘綺譚〈伊集院大介の不思議な旅〉

# 講談社文庫　目録

小池真理子　記憶の隠れ家
小池真理子　美神《ミューズ》
小池真理子　冬の伽藍
小池真理子　映画は恋の教科書《テキスト》
小池真理子　恋愛映画館
小池真理子　ノスタルジア
小池真理子　夏の吐息
小池真理子　秘密〈小池真理子対談集〉
幸田真音　小説ヘッジファンド
幸田真音　マネー・ハッキング
幸田真音　日本国債(上)(下)〈改訂最新版〉
幸田真音　eの悲劇〈IT革命の光と影〉
幸田真音　凛《りん》冽《れつ》の宙《そら》
幸田真音　コイン・トス
幸田真音　あなたの余命教えます
小森健太朗　ネヌウェンラーの密室
五味太郎　大人問題
五味太郎　さらに・大人問題
鴻上尚史　あなたの魅力を演出するちょっとしたヒント

鴻上尚史　あなたの思いを伝える表現力のレッスン
鴻上尚史　八月の犬は二度吠える
小林紀晴　アジアロード
小泉武夫　地球を肴に飲む男
小泉武夫　納豆の快楽
小泉武夫　小泉教授が選ぶ「食の世界遺産」日本編
小泉武夫　夕焼け小焼けで陽が昇る
五條瑛　熱氷
五條瑛　上陸
近藤史人　藤田嗣治「異邦人」の生涯
古閑万希子　美しい人〈9 Lives〉
古閑万希子　ユア・マイ・サンシャイン
小前亮　李《り》世《せい》民《みん》
小前亮　趙《ちょう》匡《きょう》胤《いん》〈宋の太祖〉
小前亮　李巌と李自成
小前亮　中国皇帝伝〈歴史を動かした28人の光と影〉
小前亮　朱元璋　皇帝の貌《かお》
香月日輪　妖怪アパートの幽雅な日常①
香月日輪　妖怪アパートの幽雅な日常②

香月日輪　妖怪アパートの幽雅な日常③
香月日輪　妖怪アパートの幽雅な日常④
香月日輪　妖怪アパートの幽雅な日常⑤
香月日輪　妖怪アパートの幽雅な日常⑥
香月日輪　妖怪アパートの幽雅な日常⑦
香月日輪　妖怪アパートの幽雅な日常⑧
香月日輪　妖怪アパートの幽雅な日常⑨
香月日輪　妖怪アパートの幽雅な日常⑩
香月日輪　大江戸妖怪かわら版①〈異界より落ち来る者あり〉
香月日輪　大江戸妖怪かわら版②〈異界より落ち来る者あり　其之二〉
香月日輪　大江戸妖怪かわら版③〈封印の娘〉
香月日輪　大江戸妖怪かわら版④〈天空の竜宮城〉
香月日輪　ファンム・アレース①
近衛龍春　直江山城守兼続(上)(下)
近衛龍春　長宗我部元親
小山薫堂　フィルム
小林篤　足利事件〈冤罪を証明した一冊のこの本〉
香坂直　走れ、セナ！
小林正典　英国太平記

## 講談社文庫　目録

佐藤雅美　向井帯刀の発心〈物書同心居眠り紋蔵〉
佐藤雅美　一心斎不覚の筆禍〈物書同心居眠り紋蔵〉
佐藤雅美　魔物が棲む町〈物書同心居眠り紋蔵〉
佐藤雅美　ちよの負けん気、実の父親〈物書同心居眠り紋蔵〉
佐藤雅美　開国〈愚直の宰相・堀田正睦〉
佐藤雅美　手跡指南神山慎吾
佐藤雅美　樓《ろうの》岸《きし》夢《ゆめ》一《いち》定《じょう》〈蜂須賀小六〉
佐藤雅美　啓順凶状旅
佐藤雅美　啓順地獄旅
佐藤雅美　啓順純情旅
佐藤雅美　百助嘘八百物語
佐藤雅美　お白洲無情
佐藤雅美　江戸繁昌記〈寺門静軒無聊伝〉
佐藤雅美　青雲遥かに〈大内俊助の生涯〉
佐藤雅美　十五万両の代償〈十一代将軍家斉の生涯〉
佐藤雅美　千世と与一郎の関ヶ原
佐々木譲　屈折率
柴門ふみ　マイリトル・NEWS
佐江衆一　神州魔風伝

佐江衆一　江戸は廻灯籠
佐江衆一　リンゴの唄、僕らの出発
佐江衆一　江戸の商魂
佐江衆一　士魂商才〈五代友厚〉
酒井順子　結婚疲労宴
酒井順子　ホメるが勝ち！
酒井順子　少子
酒井順子　負け犬の遠吠え
酒井順子　その人、独身？
酒井順子　駆け込み、セーフ？
酒井順子　いつから、中年？
酒井順子　女も、不況？
酒井順子　儒教と負け犬
酒井順子　こんなの、はじめて？
酒井順子　金閣寺の燃やし方
酒井順子　昔は、よかった？
佐野洋子　嘘ばっか〈新釈・世界おとぎ話〉
佐野洋子　乙女ちゃん〈愛と幻想の小さな物語〉
佐野洋子　わたしいる

佐野洋子　コッコロから
佐川芳枝　寿司屋のかみさん うまいもの暦
佐川芳枝　寿司屋のかみさん 二代目入店
桜木もえ　純情ナースの忘れられない話
斎藤貴男　東京を弄んだ男〈「空疎な小皇帝」石原慎太郎〉
佐藤賢一　二人のガスコン(上)(中)(下)
佐藤賢一　ジャンヌ・ダルクまたはロメ
笹生陽子　ぼくらのサイテーの夏
笹生陽子　きのう、火星に行った。
笹生陽子　バラ色の怪物
笹生陽子　世界がぼくを笑っても
佐伯泰英　変《へん》化《げ》〈交代寄合伊那衆異聞〉
佐伯泰英　雷鳴〈交代寄合伊那衆異聞〉
佐伯泰英　風雲〈交代寄合伊那衆異聞〉
佐伯泰英　邪宗〈交代寄合伊那衆異聞〉
佐伯泰英　阿片〈交代寄合伊那衆異聞〉
佐伯泰英　攘夷〈交代寄合伊那衆異聞〉
佐伯泰英　上海〈交代寄合伊那衆異聞〉
佐伯泰英　黙《もっ》契《けい》〈交代寄合伊那衆異聞〉

2014年12月15日現在